F

Marocain de naissance, ingénieur et économiste de formation, professeur de littérature à l'université d'Amsterdam, romancier de langue française, poète de langue néerlandaise, éditorialiste, critique littéraire : Fouad Laroui court le monde, chargé de son sac de voyage et de sa vaste culture. Entre autres textes, Fouad Laroui est l'auteur de *Méfiez-vous des parachutistes* (1999), *La femme la plus riche du Yorkshire* (2008), *Le jour où Malika ne s'est pas mariée* (2009), *Une année chez les Français* (2010) et *La vieille dame du riad* (2011). Tous ces ouvrages ont paru aux Éditions Julliard.

LA VIEILLE DAME
DU RIAD

FOUAD LAROUI

LA VIEILLE DAME DU RIAD

JULLIARD

Pocket, une marque d'Univers Poche,
est un éditeur qui s'engage pour la préservation
de son environnement et qui utilise du papier fabriqué
à partir de bois provenant de forêts
gérées de manière responsable.

© Éditions Julliard, Paris, 2011
ISBN 978-2-266-22726-1

Première partie

François et Cécile

1

Et si…

— Et si on s'achetait un *riad* ?

Presque enfantine, la voix de François, avec tout de même quelque chose de sérieux dans le grain, comme en arrière-plan, comme une petite note obstinée en *continuo*, quelque chose qui tient de l'obsession (déjà ?), du défi ou de l'espoir, de l'espoir qui n'ose espérer…

Il insiste, planté devant sa femme :

— Hein ? Dis, si on s'achetait un *riad* à Marrakech ?

Cécile ne daigne même pas lever les yeux de son livre. Blottie dans son vieux fauteuil de cuir râpé, elle fronce légèrement les sourcils pour indiquer à François qu'elle n'est pas d'humeur… non, vraiment, elle n'est pas d'humeur à participer à la conversation aussi rituelle que décousue qu'inutile… (elle voit une sarabande d'adjectifs virevolter sur la page), conversation qu'il a le don de commencer chaque soir, juste après le journal télévisé de 20 heures, en attendant le film sur la 2 ou le documentaire d'Arte… ou autre chose (« Pourquoi regardons-nous autant la télé ? », demandera-t-elle tout à l'heure, pour la centième, la millième fois…).

François le rêveur contrarié accro aux lucarnes…

La pause-réclame, pendant laquelle il coupait le son, l'air vaguement dégoûté (« décervelage ! »), lui donnait souvent des envies de *fiche le camp* (« comme disait mon père »), de s'en aller très loin ; mais il ne faisait alors qu'aller et venir dans le salon, agité, dévoré de faux tics qu'il s'inventait pour les besoins de la cause, comme s'il fallait au moins un autre continent pour les faire disparaître, déployant son mètre quatre-vingt-dix au risque de décrocher le lustre (ou la lune, disait Cécile – encore une plaisanterie rituelle…) ; puis il s'arrêtait et regardait dans le vide, dans le vague, et faisait à haute voix des projets faramineux. C'était parfois la Thaïlande, Tuva, la pampa, le grand *outback* australien…

Il aimait bien ce mot, *outback*, sans trop savoir ce qu'il signifiait, parce qu'il lui semblait contenir une promesse ferme d'aventure. « *Out/back*, ça veut dire dehors/derrière, en anglais ! s'exclamait-il. Tu te rends compte, vivre dans un endroit qui s'appelle "dehors/derrière" ! C'est de la poésie pure ! C'est fou ! Tu te rends compte ? On dirait du Baudelaire, tu te souviens : *Anywhere out of this world !* (Il prononçait *zis weurld.*) Et ces noms : Uluru, le parc national de Kakadu… » Sa femme le regardait d'un air perplexe, se demandant pourquoi elle avait épousé un farfelu pareil. Baudelaire à Belleville ?

— Kakadu, Uluru, hurluberlu, avait-elle répondu cette fois-là.

Il avait boudé toute la soirée.

Pendant quelques semaines, ce fut le Montana :

François venait de voir *L'Homme qui murmurait à l'oreille des chevaux*. Ah, le Montana ! Il s'imagina cow-boy rugueux et sage, cow-boy Marlboro mais sans la cigarette (il y a des limites), économe de ses mots et ami du bétail, scrutant le ciel et lisant les nuages, crachant dans ses mains avant de saisir la moindre corde, rêvée ou réelle, qui devenait alors le plus ample des lassos. Sa démarche avait quelque chose de chaloupé... Cécile avait mis fin à cette toquade en lui prenant fermement la tête entre les mains, un soir, juste après les infos, lui demandant, les yeux dans les yeux, en détachant les mots comme si elle s'adressait à un enfant ou à un demeuré :

— Et qu'est-ce que tu veux que je fasse, garçon vacher de mon cœur, qu'est-ce que tu veux que je fasse de toute la *bloody* sainte journée pendant que tu galoperas dans les prés avec ton pote Robert Redford ?

Il n'avait pas trouvé de réponse.

Le Montana disparut dans ses brumes.

Mais François n'avait pas, pour autant, cessé d'arpenter le globe dans ses pensées et de planter sa tente dans les endroits les plus improbables. Cette furieuse envie d'aller ailleurs (« avant que Belleville ne m'enterre », disait-il en regardant le parc, au-delà des toits, d'un air de reproche), cette envie l'avait pris d'un seul coup, quelques années plus tôt. Il avait hérité d'un oncle vieux garçon une belle somme qu'il s'était empressé de placer en obligations et SCI, mais qui l'autorisait, depuis, à posséder en imagination des arpents de sable, de neige, de toundra ou de savane...

Ce soir-là, il insista plus que de coutume.

— Dis, si on s'achetait un *riad* ?

Cécile soupira, reposa son livre sur la table basse

après avoir pris soin de corner la page qu'elle lisait, ferma les yeux pendant quelques secondes, puis entra à contrecœur dans son rôle habituel d'assassin des rêves de son conjoint – à contrecœur parce qu'elle aussi ressentait, de temps à autre, le poids de la routine, des jours qui ressemblent un peu trop à ceux qui les ont précédés ; mais elle appréhendait aussi le saut dans l'inconnu qu'il lui proposait régulièrement, la rupture brutale avec cette routine qui parfois la rassurait... Méthodique, elle commença par remonter aux sources de cette nouvelle lubie.

— Qu'est-ce que tu as vu, aux infos ?

— Ben, rien...

— Si, si, dis-moi.

— Rien... Bon, euh, *ils* ont dit que la moitié du gouvernement avait passé les fêtes de fin d'année à Marrakech. Anne Sinclair y possède une maison, un *riad*, BHL aussi, Pierre Bergé, Delon...

— Et tu tiens à rencontrer tous ces gens-là ?

— Non, ce n'est pas ça, tu le sais bien, mais... C'est le reportage qui m'a séduit...

— Tu te fais « séduire » par des reportages, toi ?

— Bon, arrête de te moquer de moi, c'est juste une façon de parler. En tout cas, ils ont montré des images de Marrakech. Il y a une luminosité extraordinaire...

— ... la même sans doute qu'on trouve à Montpellier ou à Toulouse...

Il haussa les épaules et continua.

— Tu te rends compte ? Tu es en plein désert, enfin, dans une palmeraie, une sorte d'oasis, et en même temps, tu vois au loin la neige... les neiges éternelles !

— Celles du Kilimandjaro ?

Cécile éclata de rire pendant que François secouait la tête, navré.

— Mais non, idiote, celles de l'Atlas !

Elle se mit à chantonner :

— *Elles te feront un blanc manteau / où tu pourras dormir*...

François vint se planter devant elle, les mains sur les hanches, les mâchoires serrées.

— Et si, pour une fois, tu me prenais au sérieux ?

Quelque chose dans le ton de sa voix avertit Cécile qu'il lui fallait mettre un bémol. Elle se redressa et s'assit dans le fauteuil, l'air grave.

— Mais je te prends *toujours* au sérieux, mon chéri. En même temps, tu ne peux pas t'attendre à ce que je m'enthousiasme chaque soir à 20 h 30 pour des idées qui font *pschiiiit*, comme disait ce pauvre Chirac... qui font invariablement *pschiiiit*...

Il leva les bras au ciel et poussa une sorte de barrissement.

— Je comprends pourquoi des mecs finissent par étrangler leur femme ! Tu m'énerves ! Et d'abord, c'est un cercle vicieux. Mes idées font *pschiiiit* parce que je ne trouve pas en mon épouse le... le soc...

— Tu veux dire le socle ?

— L'appui...

— Et le beau temps ?

Elle éclata de rire et se renversa dans son fauteuil, en battant des jambes. François se jeta sur elle et mit ses grandes mains autour de son cou en criant :

— Je t'étrangle !

Ils chahutèrent pendant quelques minutes sur le fauteuil qui craquait dangereusement. Puis François se releva, d'un seul coup, et alla se planter devant

15

la fenêtre, comme s'il prenait son quart sur le pont d'un navire immobile dans la nuit. Il pleuvait dru maintenant. On distinguait à peine les toits de Paris, au loin. Le parc avait disparu.

Cécile se leva et alla se planter à côté de son mari, sans le toucher. Elle le regarda de biais et fut frappée par son air malheureux. Comment pouvait-il passer si vite du rire aux larmes, et inversement ? Se hissant sur la pointe des pieds, elle passa tant bien que mal un bras autour de ses épaules. Il se tassa légèrement. Elle chuchota dans son oreille :

— Tu nous fais une belle crise de la quarantaine, mon pauvre François, sauf que tu la fais à quarante-cinq ans, bel enfant précoce...

Il se dégagea et tapa le front doucement contre la vitre.

— Il nous faut autre chose... Merde, il n'y a pas que Drucker dans la vie.

— Arrête, on ne regarde *jamais* Drucker.

— Mais c'est tout comme. Encore un an de cette vie et ce sera Drucker. Il nous faut autre chose.

— C'est bien vague.

— Un truc hors d'ici.

— *Ordissi* ?

— Un *riad* à Marrakech fera l'affaire...

— Voilà le pire argument d'agent immobilier que j'aie jamais entendu... Mais, curieusement, le plus convaincant aussi.

Elle fit une petite pause, puis :

— Eh bien, allons-y, faisons-le !

Il se tourna vers elle, incrédule :

— Qu'est-ce que tu as dit ?

— J'ai dit : faisons-le. *Let's do it*, comme dit la pub.

— Sûr ?

— Certaine !

Il la regardait toujours, circonspect, comme s'il attendait un éclat de rire, une plaisanterie cruelle, un calembour. Elle insista :

— Je te dis que je suis partante ! Allez, c'est bon, tu prends demain un rendez-vous avec ton banquier.

Il sourit, encore incrédule mais se prenant au jeu.

— Mon *conseiller*, tu veux dire. Ce n'est pas le grossium à cigare de Plantu qui me recevra, c'est une jeune femme probablement diplômée de l'ESSEC ou d'une école de ce genre, elle porte un tailleur très strict...

Elle s'écarta de lui en bougonnant.

— Pourquoi tu me racontes tout ça ? OK pour le *riad*, pas pour que tu me racontes tes aventures inouïes dans les couloirs de la BNP avec des vamps en tailleur.

— Continue comme ça et c'est avec la vamp que je filerai à Marrakech.

— T'es pas cap'.

Prenant au hasard un bibelot sur la crédence, elle fit mine de le lui jeter à la figure, et il fit mine d'esquiver, penchant maladroitement son grand corps de côté. Ils avaient joué cent fois cette petite pantomime, au gré de leurs taquineries rituelles.

Couchée dans le lit, juste avant d'éteindre sa lampe de chevet, elle fut prise d'une légère angoisse et lui demanda :

— Tu vas vraiment voir ta nana de la BNP, demain ? Tu vas liquider tes actions et tes..., ton truc immobilier, enfin tout le bazar, et on achète quatre murs au pied de l'Atlas ?

— Oui.

Elle insista, sa voix trahissant son anxiété.

— Alors, c'est décidé, on va habiter entre Delon et Bergé ?

— Qu'est-ce qui nous retient ici ?

Elle soupira.

— Rien, des broutilles. Mon boulot, le tien, une baguette chaude au petit déjeuner, mon vieux fauteuil, la FNAC, nos amis, La Baule, la possibilité d'une bonne bouteille de vin au dîner, un garagiste qui parle français…

Il haussa les épaules.

— Nos amis, ils seront les bienvenus, d'ailleurs je suis sûr qu'on les verra plus souvent à Marrakech qu'ici. La FNAC, je sais que tu plaisantes, mais bon, *ils* doivent bien avoir quelques livres sous les palmiers. Sinon, on ira en piquer dans le *riad* de BHL, quand ils seront chez le roi, lui et Arielle…

— Idiot. Je suis sérieuse.

— Bon, alors, regardons les trucs vraiment importants. Ton boulot, tu en as fait le tour, tu n'en as pas un peu marre de la « politique culturelle de la Ville » ? (Il avait mis ses doigts en crochet pour exprimer les guillemets.) De toute façon, tu as un contrat temporaire, ils pourraient ne pas le renouveler… Tu ne fais que prendre les devants en démissionnant.

— Ah, parce que je vais démissionner ?

— Ben oui, je ne vois pas très bien comment tu pourrais faire autrement. Tu ne peux pas être « mise en disponibilité » comme les hauts fonctionnaires.

— Et toi ?

— Bon ben, moi, je mettrai la boutique en gérance. Ou alors la petite Maryse pourrait essayer de se

18

débrouiller seule, quitte à m'appeler en cas de doute. L'art moderne, en ce moment, c'est très calme. On a de l'argent devant nous. Si on ne part pas maintenant, on *s'encristera*...

— Pardon ?

— Je veux dire : on s'encroûtera, on sera comme un kyste...

— Tu parles déjà en charabia ? Tu as pris de l'avance. Attends d'être au pied du Kilimandjaro... enfin, je veux dire : au pied de l'Atlas, pour malmener le français.

Elle éteignit la lampe et ferma les yeux. Le sommeil vint très vite et fut très agité. Bergé gifla Delon, devant Cécile ébahie. Tiens, elle portait une *gandoura* ?

2

Ça continue

Au réveil, François, plein d'appréhension, se pencha sur Cécile et lui demanda à voix basse si elle se souvenait de la discussion de la veille. Elle ne répondit rien, faisant semblant de dormir.

— Cécile…

Elle le repoussa en agitant ses mains au hasard devant elle, les yeux encore fermés, puis rejeta la couette et sauta du lit, agacée.

— Mais oui, idiot, je m'en souviens, je ne suis pas encore gâteuse. Ah, là, là…

Il la poursuivit sous la douche.

— Alors, c'est bon, je prends rendez-vous avec ma conseillère ?

— C'est ça, va voir ta pétasse en tailleur. Et sors de *ma* douche.

Pendant le petit déjeuner, il revint à la charge.

— Mais tu ne me reprocheras jamais de t'avoir fait quitter ton boulot ?

Elle avala une gorgée de café avant de répondre.

— Non. D'ailleurs, j'y ai réfléchi cette nuit. (Oui,

j'ai fait une insomnie, BHL m'a réveillée...) Je vais en profiter pour...

Elle hésita un instant, puis pointa sur lui le couteau avec lequel elle beurrait sa tartine.

— Si tu te moques de moi, je te tue.

Il feignit l'innocence outragée :

— Moi, me moquer de *l'hâmour* de ma vie, de ma petite colombe, de mon...

— Ça va, arrête de faire l'idiot. Donc, je vais profiter de cette année sabbatique...

Il l'interrompit.

— Mais pourquoi parles-tu d'une année ? Qui sait ? On s'installera là-bas pour de bon...

Cécile se mordit les lèvres. Elle ne donnait que quelques mois à cette lubie, mais ne voulait pas se trahir.

— C'est une façon de parler... Donc, je vais *en* profiter pour écrire... écrire un livre.

Elle le dévisagea d'un air de défi. Il ne bougea pas, retint son souffle, évita même de regarder sa femme. Il connaissait parfaitement ce genre de situation.

— Tu ne réponds rien ?

— Que veux-tu que je... ? (Il cherchait désespérément la *bonne* réponse.) Eh bien, euh, bien sûr, je te supporte...

— Quoi ? Tu es bien bon de me supporter...

— Je veux dire : je te *soutiens*. (Vite, une diversion !) Sur quoi tu vas écrire ?

— Je ne sais pas encore... Je vais observer les gens autour de nous, les situations... noter des anecdotes.

Il allait de surprise en surprise (depuis quand voulait-elle écrire ?), mais n'en laissait rien paraître.

21

— Super-idée. Ce sera un roman ou des nouvelles ?
Ou un essai ?

— Je ne sais pas encore. On verra bien. Un livre
sur le Maroc, tant qu'à être là-bas... Peut-être bien
un roman, si je trouve un sujet.

— C'est très... intéressant.

— On en reste là pour le moment, d'accord ? Mais
enfin, sache que je ne vais pas à Marrakech pour
peigner la girafe...

— ... ou le chameau...

— ... ni pour apprendre à te faire de bons petits
tagines, comme Travadja la moukère.

Il leva les bras au ciel, les paumes tendues vers
elle (« Mais je n'ai jamais imaginé... »). Elle reprit :

— Et toi, qu'est-ce que tu vas faire, à Marrakech ?

— Je vais me faire *allumeur de vraies Berbères*...

Il éclata de rire. Cécile le regarda froidement.

— Celle-là, tu l'avais préparée. T'as pas pu la trouver sur place, là, comme ça. Elle n'est pas drôle. Ou
alors je suis sûre qu'elle a déjà été faite. Je vois bien
Devos ou Fellag...

Elle n'acheva pas sa phrase, haussa les épaules et
se versa de nouveau du café.

Tout alla très vite. Maryse accepta de prendre en
charge la gestion de la boutique d'art, à condition
de pouvoir embaucher quelqu'un, une étudiante des
Beaux-Arts par exemple, pour l'aider. François régla
rapidement les questions financières. La BNP pouvait
sans problème transférer de l'argent au Maroc.

— D'ailleurs, dans les années 30, la Banque de
Paris et des Pays-Bas possédait quasiment tout le
Maroc, lui apprit sa conseillère.

Elle ajouta :

— Je le sais : mon mari a fait sa thèse là-dessus.

Vaguement déçu d'apprendre que cette jolie femme avait un mari, François ne répondit rien. Elle haussa les épaules. Ce fut presque imperceptible, mais François eut envie d'en finir au plus vite et signa tout ce qu'elle lui mettait sous les yeux, se contentant de parcourir d'un regard morne les petits caractères qui lui semblaient constituer de vagues menaces pour un autre jour, une autre année.

À la Ville, Cécile demanda discrètement à un de ses collègues, qui était d'origine marocaine, s'il voulait prendre un café avec elle : elle avait un conseil à lui demander. Dans un petit bistrot de la rue du Renard, elle finit par poser la question, un peu embarrassée : savait-il comment il fallait s'y prendre pour acheter un *riad* à Marrakech ?

Abdelkader sourit, amusé.

— Vous croyez que j'en achète souvent ?

Elle eut un petit rire nerveux.

— Non, mais vous êtes de *là-bas*...

— Si on veut. En fait, je suis de Tanger : c'est à cinq cents kilomètres à vol d'oiseau de Marrakech. Au moins. Mais je suppose qu'on y achète les *riads* ou les maisons comme à Tanger... ou à Paris. On va voir un agent immobilier...

Elle l'interrompit sans réfléchir.

— Il y a des agents immobiliers, là-bas ?

Abdelkader la regarda un instant, une lueur ironique dans les yeux.

— Probablement pas. Voyons voir... On entre dans tout lieu inoccupé, dans toute case vide, on y entre comme dans un moulin et, au bout d'un an et un jour, on fait valoir le droit du sol... Enfin, de la terre battue.

Cécile fit une petite grimace de contrition.

— Excusez-moi, j'ai dit une bêtise. Je ne sais pas ce que j'ai aujourd'hui.

— Pas de problème, j'ai dit des bêtises encore plus grandes sur la France avant de m'y installer et de vraiment la connaître...

— C'est normal, au fond.

— Oui, c'est normal. Donc, à Marrakech, il y a des agents immobiliers qui ont pignon sur rue. On dit *samsar* en arabe, ça veut dire « courtier ».

— *Sam-sar ?*

— Oui.

— Vous en connaissez, peut-être ?

La lueur ironique réapparut dans les yeux d'Abdelkader.

— Vous connaissez un agent immobilier à, disons, Biarritz ? Ou Brest ? Puisque vous êtes *d'ici* ?

— Non... (Elle sourit.) J'ai encore dit une bêtise ?

— Oui, mais elle est classique. Tout le monde la commet, sur tous les continents. « Vous êtes de Mexico ? Alors vous devez connaître Pablo Sanchez ? »

Ils éclatèrent de rire, en même temps. Abdelkader fut pris d'une quinte de toux. Quand il eut retrouvé son souffle, il reprit :

— Cela dit, je vais vous étonner : je connais *vraiment* un agent immobilier à Marrakech. C'est un vague cousin, un peu hurluberlu, mais honnête comme tous les Soussis.

— C'est quoi, les Soussis ?

— Un synonyme de « problèmes ». (Il souriait.)

Non, je plaisante. Ce sont les habitants de la région d'Agadir, au sud du Maroc.

— Et c'est votre cousin, l'agent immobilier ? Mais vous m'avez dit que vous veniez de Tanger. C'est bien au nord, Tanger, non ?

— Exact. Mais les Soussis ont essaimé dans tout le Maroc dans les années 60, pour truster le commerce de détail. On peut donc être soussi et de Tanger : c'est mon cas. Et mon vague cousin Hmoudane, il est soussi *et* marrakchi. *Nobody's perfect.*

— Et vous me garantissez l'honnêteté et le sérieux de, comme s'appelle-t-il… *Mou d'âne* ?

— Hhhhhhhhmoudane. Très important, le hhhhhh. Faites hhhhhhhh.

— Hhhhhhhhhhhh.

— Non. hhhhhhhhhhhhhhhhh. Concentrez-vous !

— Mais c'est ce que je fais : hhhhhhhhhhhhhhh ! Ce n'est pas sorcier !

— Non, ce n'est pas bon, vous faites un *h* mouillé, il faut faire un *h* sec.

— Hhhhhhhhhh. (« On se croirait dans *When Harry met Sally*, les gens nous regardent… ») Hhhhhhhhmoudane ? C'est bon ?

— Parfait. Je vais essayer de retrouver son adresse. Mais je vous préviens…

Abdelkader avait levé l'index, comme s'il allait révéler quelque chose de très important. Elle fronça les sourcils. (« Nous y voilà, il y avait un hic, c'était trop beau… »)

— Vous aurez parfois des problèmes de communication avec Hmoudane.

— Il ne parle pas français ?

— Au contraire. Il parle… comment dire ? Il parle

trop bien le français... Mais il le parle à sa manière. Il l'a appris quasiment seul dans son village, du côté de Tafraout, avant de « monter » à Marrakech.

— Ça doit être assez rudimentaire.

— Je ne dirais pas ça... Il a dévoré des centaines de vieux bouquins, tout ce qu'il pouvait trouver. Dans la famille, il était connu pour ça, quand il était adolescent. On lui envoyait tout ce qui était imprimé. Il attendait patiemment le car quotidien de la CTM, au bord de la route... Il y avait toujours du vieux papier pour Hmoudane.

— Enfin, est-ce que oui ou non, il parle français ?

— Vous verrez. On y va ? J'ai une après-midi très chargée.

Ce soir-là, François et Cécile firent le point sur les préparatifs de leur équipée dans l'Atlas.

— La question financière est réglée, annonça-t-il d'un ton étrangement mélancolique.

(On n'imagine pas que les jolies conseillères de la BNP puissent avoir une vie en dehors de leur bureau, ou, pire, qu'elles puissent être mariées...)

— J'ai fait plus fort, lui asséna-t-elle. Enfin, presque plus fort. (Prudence, c'est son argent.) Je nous ai dégotté un agent immobilier à Marrakech.

— Sur Internet ? Ils ont Internet ?

— Non, non, c'est le cousin d'un de mes collègues. Un Marocain.

— T'as un collègue marocain ? Pourquoi tu ne me l'as jamais dit ?

— Mais j'ai des dizaines, des centaines de collègues... L'occasion ne s'est jamais présentée. Justement, elle se présente maintenant. Abdelkader...

— Il s'appelle Abdelkader ?

Elle haussa les épaules.

— Non, il s'appelle Paul-Henri et je le prénomme Abdelkader par caprice... Je peux continuer ? Donc *Ab-del-ka-der* a un cousin, un type très fiable, paraît-il, qui est agent immobilier à Marrakech.

— Ouais... Il paraît que tous les Marocains ont un « cousin » miraculeux qui apparaît toujours au bon moment et qui exerce, comme par hasard, le métier dont le touriste a justement besoin à ce moment-là... Le gars est marchand de beignets, mais pas de problème, il dépanne aussi les 4 × 4. Et il sait tout sur les tapis berbères...

— Tu en as des préjugés, mon petit vieux.

— C'est dans *Lonely Planet*.

— Je me fiche bien de ta planète. Moi, je fais confiance à Abdelkader, il est docteur en... euh, j'sais pas, économétrie ou gestion ou sociologie, un truc de ce genre, et il a un job super-important à la Ville... Son cousin s'appelle Hmoudane.

— Mou d'âne ?

— Mais non, tu es sourd ? Hhhhmoudane.

— Hhhhmoudane ?

— Non, mais là, tu fais un *h* mouillé, il faut un *h* sec. Laisse tomber, chéri, tu n'y arriveras pas.

— Bon, ben, appelons-le Benoît, au lieu de s'arracher la gorge à chaque fois qu'on parle de lui.

— OK. En tout cas, c'est un type très bien, Benoît l'agent immobilier. Il paraît qu'il y a un tout petit souci : il ne parle pas un mot de français.

3

Nos héros
font la connaissance de Benoît

Ils eurent un pincement au cœur en remettant les clés de l'appartement à la sœur de François, qui avait accepté de s'occuper du courrier, des factures et des imprévus. Ils jetèrent un dernier coup d'œil au parc de Belleville, qui semblait leur tourner le dos, morose, puis prirent un taxi en direction de l'aéroport. Le conducteur, par exception, se tut pendant tout le trajet. C'était sans doute un bon présage. On ne les voyait plus, on ne s'occupait plus d'eux, *ici*. Ils avaient atteint le point de non-retour.

Ils avaient réservé une chambre d'hôtel à Marrakech pour toute une semaine. Après, on verrait.

Abdelkader avait promis de prendre contact avec son cousin au nom imprononçable. Il s'était même arrangé avec lui pour qu'il vînt les chercher à l'aéroport de Marrakech.

— Voilà Benoît, annonça Cécile, en désignant un petit homme qui agitait une pancarte portant leurs deux prénoms. Tiens, il a même dessiné un petit cœur rouge sous nos noms. C'est mignon, mais à quoi ça rime ? Ce n'est pas la Saint-Valentin, aujourd'hui…

— C'est bizarre, il n'est pas dans la bonne zone, on n'a pas encore franchi les contrôles.

— Écoute, on n'est pas en France, les choses se passent peut-être autrement ici.

Ils se dirigèrent vers le bonhomme qui s'inclina cérémonieusement, serra avec énergie la main du Français et fit un baisemain à sa moitié.

— Ravissante gente dame, *ti* la bienvenue dans nos rivages, *ou h'ta n'ta*, messire.

Les deux tourtereaux se regardèrent avec étonnement. « Benoît » avait un fort accent (il roulait les *r* comme des galets dans sa bouche pleine de chicots) et, de surcroît, il avait tendance à avaler ses mots.

(— Qu'est-ce qu'il a dit ?

— J'ai entendu « gendarme »…

— Il a parlé de « cire ».)

— Présentement, *n'mchiw* quérir vot' barda, *f'hadak* l'carrousil. N'ensuite de quoi, *n'mchiw* noliser une berline.

Ils regardèrent Hmoudane avec inquiétude. Il leur adressa un grand sourire et leur fit signe de le suivre. Puis il disparut derrière un pilier alors qu'un groupe de touristes asiatiques arrivait en sens inverse. François et Cécile eurent beau écarquiller les yeux, ils ne voyaient plus « Benoît ».

— Tu lui as donné de l'argent ?

— Non, et toi ?

Après avoir passé les formalités de police et de douane, ils avancèrent dans le hall, traînant leurs valises sur le sol immaculé. Comme par enchantement, le petit homme réapparut. Il cria :

— Taïaut !

… et se dirigea prestement vers ce qui semblait être

devenu, en quelques minutes, un Orient très compli-
qué. Éberlués, François et Cécile le suivirent.

— Il parle quelle langue ?

— J'sais pas. C'est peut-être du berbère ?

Après avoir loué une voiture avec la carte de crédit
de François, Hmoudane les conduisit au parking de
l'aéroport, se lançant dans des manœuvres compliquées
pour approcher de divers angles une Dacia rouge qui se
languissait au soleil. Il ouvrit le coffre, y déposa avec
précaution les valises, puis alla s'asseoir au volant.
François et Cécile s'installèrent sur les sièges arrière.
Hmoudane démarra en jetant par-dessus son épaule :

— Cap sur *l'antique cité d'Ibn Tachfine*, l'hôtil
s'y love.

(— Il a dit « hôtel ». Il parle français.

— C'est un mot international. On n'est pas plus
avancés.

— Il a dit « love ».

— C'est un vieux hippie ? *Peace and love* ?

— En tout cas, je vais prendre une douche.)

De l'aéroport à la ville, Hmoudane chanta à pleins
poumons « *C'est aujourd'hui dimanche, / J'vais voir
ma p'tite maman* » pour faire plaisir aux deux Français,
pour qu'ils se sentent un peu chez eux.

(— Tu entends ? C'est une sorte de mélopée un
peu triste.

— J'aimerais bien savoir de quoi il s'agit.

— Oui, c'est dommage qu'on ne comprenne pas
les paroles.

— Il faudra se mettre à l'arabe…

— … ou au berbère.

— Les Berbères, c'est comme les Gallois, paraît-il.
Ils chantent tout le temps.

— Leur poésie est orale, non ?)

Profitant d'un silence douloureux (la petite maman était morte à l'hôpital, l'enfant était arrivé trop tard avec son petit bouquet de fleurs blanches), François se pencha vers Hmoudane.

— C'est votre cousin qui tient cet hôtel ? demanda-t-il d'une voix innocente.

— Que nenni, répondit Hmoudane en s'esclaffant (au diable les trépas, la vie continuait). *Walakine* on y fait des gueuletons à s'en faire péter la sous-ventrière, mon colon. Miam, miam ! *Dial al-khawar !* L'intendance suivra !

(— Qu'est-ce qu'il dit ?

— Je ne sais pas. Il parle de « tendance ».

— Ouais, Marrakech, c'est très tendance.)

François insista :

— Mais c'est votre cousin qui tient l'hôtel ?

Cécile protesta :

— Arrête de lui poser cette question ! Franchement, tu as des préjugés idiots.

Hmoudane redémarra, puis il se retourna, tenant le volant d'un doigt désinvolte, et demanda à Cécile :

— *Aji, wach smak*, vot' conjoint ?

— Regardez devant vous ! hurla Cécile, voyant que la voiture commençait à se déporter sur la gauche et qu'un camion se dirigeait vers eux.

Hmoudane rectifia la trajectoire de la Dacia afin de frôler sans s'y piquer le gros bourdon qui les noya dans un nuage d'âcre fumée. Après quelques instants de silence, le petit homme reprit.

— *C'i* pas mon cousin qui gère *l'itablissement pittoresque où se conjuguent li charmes du Sud et li zaménités modernes.*

31

Un temps.

— *C'i* pas mon cousin, *c'i* mon frère.

(— Qu'est-ce qu'il dit ?

— Il parle de son frère, je crois.

— Je suis sûr que c'est un faux guide.)

L'hôtel du Dadès avait l'air propre et tranquille, sans ostentation : c'était exactement ce qu'ils voulaient. Les formalités furent rapidement expédiées. Dans le hall, Hmoudane se tourna vers le couple et leur dit :

— *Ghedda s'bah*, dès potron-minet, on part traquer du *riad*.

Miracle ! La phrase était à peu près compréhensible. François maîtrisa une envie de serrer le petit homme dans ses bras. Il se contenta de lui serrer énergiquement la main. L'autre en rosit de bonheur.

— À demain !

Hmoudane s'en alla au volant de la Dacia rouge. François rugit :

— Hé, ho ! La voiture ! Elle est à mon nom !

— Laisse tomber, il la rapportera demain. On a son adresse. Je vais prendre une douche.

4

Le bigaradier

Le premier matin fut un enchantement. Réveillés par un concert de chants d'oiseaux, ils allèrent regarder la ville par la fenêtre. Elle semblait encore endormie, seulement traversée de vagues frémissements, ses grands palmiers aussi immobiles que les murs rouges qui abritaient ses habitants. Ils restèrent silencieux un long moment.

— Tu te rends compte, murmura François, on l'a vraiment fait.

Elle ne répondit rien. La seule phrase qui montait en elle (et qu'elle réprima) était : « Les ennuis commencent... »

Ils prenaient leur petit déjeuner, sur une petite terrasse au premier étage de l'hôtel, quand Hmoudane apparut, joyeux, les yeux brillants :

— *Sabah el-khayr ! Li* monde, il appartient à *haddouk* qui se lavent tôt.

— Bonjour, monsieur Moudane.

(— Qu'est-ce qu'il a dit ?)

Il les emporta dans la Dacia qu'il gara quelques centaines de mètres plus loin, en bordure de la place

Jemaa el-Fna. Impossible d'entrer dans les ruelles en voiture. Les visites se feraient à pied. Ils entrèrent dans les ruelles le cœur battant. L'aventure commençait...

Au cours des jours qui suivirent, ils visitèrent des *riads* de toutes tailles, certains tombant en ruine, d'autres magnifiquement restaurés, ainsi que de simples maisons rebaptisées *riads* par des *samsars* sans scrupule.

— François, un *riad* sans jardin à l'intérieur, ce n'est pas un vrai, non ?

— Demande à Benoît.

— Monsieur Hhhdoumm, euh, ça, ce que vous nous faites visiter, là, ce n'est pas ce que nous cherchons. Où est le petit jardin intérieur ?

— Princesse, on chope parfois à *citte* pierre, parfois non. Y en a *fihoum* l'allergie, le Rome des foins, *c'i*-t-igal, sans jardin. Et même, *c'i* préférable. Les mieux oculés le voient bien.

(— Qu'est-ce qu'il a dit ?

— Il a parlé d'allergie. Ça doit être le même mot en berbère.)

— Monsieur Hhhmmou, on veut un vrai *riad*.

— *Wakha, ma kayn mouchkil.* Affirmatif ! Le *kliane*, il *i* roi.

(— Qu'est-ce qu'il a dit ?)

À la fin de la semaine, ils trouvèrent enfin ce qu'ils cherchaient. Au fond d'une ruelle, dans le quartier de Mouassine, Hmoudane poussa une porte en sifflotant et s'effaça pour les laisser passer. Ils entrèrent dans un couloir sombre qui débouchait sur une petite cour pavée de vieux carreaux jaunes et bleus. Levant les yeux, Cécile vit un arbre au pied duquel poussaient des bouquets d'iris sauvages. Elle s'exclama :

— Qu'est-ce qu'il est beau ! C'est un oranger ?

François lui montra du doigt deux portes peintes en vert, puis une galerie portée par des ogives. Peine perdue : elle n'avait d'yeux que pour l'arbre. Ils grimpèrent au premier étage, puis au second. Une terrasse ensoleillée offrait un panorama de la ville. Ils restèrent plusieurs minutes là-haut, la main dans la main, bercés par le boniment enthousiaste et incompréhensible du *samsar*.

La maison était meublée.

— Monsieur Ammoudène, le mobilier est-il compris dans le prix qu'ils demandent ?

— *Chouf a lalla*, ils veulent pas éplucher par le menu, louablement. En gros ci-inclus.

(— Tu entends, François ? C'est inclus dans le prix.

— Tu comprends le berbère, toi ?)

Ils visitèrent deux autres maisons, ce jour-là, mais ils le firent d'un œil distrait, tant était forte l'impression qu'avait faite sur eux la maison au bigaradier. Ils revinrent le lendemain pour la voir de nouveau. Ils en profitèrent pour mieux explorer la rue elle-même – « la rue du Hammam », disait le guide –, pour mieux examiner les bâtisses avoisinantes, les boutiques, les gens. Ils posèrent quelques questions à Hmoudane. Du magma de mots qu'il déversa sur eux, ils reconstituèrent quelques phrases – et même, quelques bribes d'Histoire.

Cette fois-ci, ils s'intéressèrent à ce que François nommait avec emphase « la finition ». Les câbles et les tuyaux qui transportaient l'électricité et l'eau courante étaient ici et là dissimulés sous des plaques ajourées qui offraient au regard d'élégantes arabesques. Les volutes sombres ainsi découpées contrastaient avec les reflets cuivrés du métal. François fut impressionné par ce détail qui lui semblait tout à fait « mauresque ». Cécile caressait son arbre. Ils se regardèrent, émus.

— Tu penses ce que je pense ?

— Si *tu* penses ce que *je* pense…

Ils se donnèrent toute la soirée pour réfléchir. Assis dans le jardin de l'hôtel, dans une sorte de kiosque à musique, chacun décrivant à l'autre des détails que celui-ci n'avait pas vus, enjolivant parfois ce qui s'était estompé dans le souvenir, ils finirent par se convaincre l'un l'autre *d'y aller*. À Dieu vat ! Encore fallait-il mettre au point une stratégie pour ne pas *se faire avoir*.

— On ne va pas accepter tout de suite le prix qu'ils demandent.

— Non, bien sûr, mais il ne faut pas non plus les effaroucher en faisant une contre-proposition trop basse.

François se mit à rire.

— Quelque part, j'imagine mal Benoît *effarouché*. Il a réponse à tout. Dommage qu'on ne comprenne pas ses réponses.

— De toute façon, ce n'est pas lui qu'il faut convaincre, mais les propriétaires.

— Qui c'est ?

— Des gens qui émigrent au Canada.

— Qui te l'a dit ?

— La secrétaire de Benoît. Elle, elle parle français. Enfin, ce qu'il faut. Elle m'a dit que beaucoup de Marocains cherchaient à s'installer au Québec. Et le Québec s'en trouve bien, semble-t-il, puisqu'ils sont francophones.

— Ouais… Ils découvrent Benoît, nos amis du

Québec, ils ferment la frontière. À lui tout seul, il te déstabilise toute la francophonie.

Ils se turent un instant. François se racla la gorge.

— Alors, c'est décidé ?

— OK, c'est décidé.

— Je propose dix pour cent de moins ?

— Quinze ?

Le ciel était d'une clarté surnaturelle. Cécile insista pour que François aille prendre un verre au bar de l'hôtel : elle voulait écrire.

— Tu ne peux pas écrire si je suis dans les parages ?

— Non, j'aurais l'impression que tu ricanes dans mon dos. Et même si tu ne dis rien, tes reniflements ou renâclements ou ronchonnements... ou je ne sais trop quoi m'énerveraient.

— J'encombre, quoi.

— À tout à l'heure. Ne réapparais pas avant deux heures. Au moins.

Cécile rêvassa un moment, puis elle se lança.

Le riad est blotti au fond d'une venelle de la rue du Hammam, *dans le quartier élégant de Mouassine qui date,* ~~paraît-il~~... (Elle barra le « paraît-il ». Pourquoi mettre en doute la parole de Hmoudane ?)... *qui date de l'époque saâdienne.* (Elle verrait plus tard ce que cela signifiait exactement.) *On quitte la place de la fontaine Mouassine où autrefois* ~~sans doute~~ *les femmes venaient puiser l'eau et les bêtes s'abreuver pour passer sous un premier porche à la gauche duquel subsistent des...* (Elle hésita.)... *des latrines publiques et un superbe bassin pour les ablutions, un bassin désormais à sec, hélas. La mosquée Mouassine, imposante, est à deux pas, sur la droite. Premier virage à gauche : un âne brait* ~~désespérément~~ *en attendant*

37

que l'on décharge le bois de la carriole qui alimente le four du hammam, dont on nous a dit qu'il était encore en activité. C'est même pour cela que « notre » rue s'appelle derb el-Hammam *– c'est-à-dire rue du Hammam. Une maison de* ~~riches~~ *notables se cache en face derrière de grands vantaux. Deuxième passage voûté un peu obscur et nouveau virage à gauche. On longe le beau mur en terre cuite de la vieille mosquée du bazar* ~~aux tuiles vertes~~ (Elle barra, n'étant plus sûre de ce détail.) *en louvoyant au milieu de chats qui somnolent – d'un œil... Tout au fond de la rue en impasse, sur la droite, une petite porte en bois clouté de cuivre ouvre sur ce qui va devenir notre demeure.* (Son cœur battit un peu plus fort lorsqu'elle écrivit ces mots.)

Quand le samsar *nous ouvrit la porte de ce modeste* riad *resté « dans son jus », sans aucune modification, la première chose que je vis fut l'arbre : un gigantesque bigaradier...*

Elle hésita : fallait-il préciser qu'il s'agit d'un oranger aux fruits amers ? Puis elle haussa les épaules.

— Bah, ceux qui veulent savoir ce que c'est n'ont qu'à chercher sur Wikipedia. Je ne vais quand même pas copier la définition ici. C'est trop facile.

... un gigantesque bigaradier en fleur, dont les fruits de cuivre rouge scintillaient dans le soleil de ce matin encore frileux de mars. Ses hautes branches mariées à celles de deux grandes bougainvillées...

Masculin ? Féminin ? Elle eut un doute et consulta Internet. Elle lut, étonnée, que *« la bougainvill**ée** est parfois appelée le bougainvill**ier** »*. Très bien.

... deux grands bougainvilliers s'épanouissaient en ombrelle au-dessus d'un patio aux ombres bleues. Je

38

m'arrêtai, interdite, émue, immergée dans le parfum ~~*capiteux*~~ *des fleurs, et je sus sur-le-champ que notre quête était finie... que* ~~*j'allais*~~ *nous allions nous poser ici pour longtemps. Là, à cet instant même, sur-le-champ, je décidai d'acheter... l'arbre.*

Quelques heures plus tard, à l'hôtel, je me ressaisis : on n'achète pas un arbre comme habitation – à moins d'être le « baron perché » de Calvino.

Elle sourit, satisfaite de sa petite plaisanterie, et pensa avec nostalgie à sa période Calvino, quand elle dévorait tous les livres du subtil Italien de Paris. Elle avait vingt ans.

Nous revînmes donc visiter les lieux. Passé l'entrée en chicane qui dérobe aux yeux indiscrets l'intimité de la maison, l'arbre était toujours là, abritant des dizaines de moineaux peu farouches (typiques de Marrakech, selon notre samsar*) du genre à vous réveiller dès le premier rayon de soleil. Le patio était pavé de vieux carreaux de ciment jaunes et bleus, doux tapis un peu fané...*

Elle hésita. L'image lui était venue naturellement, mais du ciment peut-il être dit « doux » ?

... doux tapis un peu fané, et en son centre trônait mon arbre (oui, c'était déjà mon *arbre) au pied duquel poussaient des bouquets d'iris sauvages et de longues herbes.*

Bon, il faut décrire. Elle fronça les sourcils, cherchant à se souvenir de tous les détails.

Autour du patio s'organise l'espace habité du rez-de-chaussée : deux immenses portes en cèdre ~~*peintes*~~ ~~*en vert*~~*, face à face, abritées par une galerie portée par des ogives, ouvrent d'un côté sur une pièce (qui va devenir ma bibliothèque), et de l'autre sur un salon* *tout en longueur orné d'une cheminée, ~~ajout tardif de colons frileux~~.*

Elle barra cette dernière indication. Après tout, elle n'en savait rien. Et d'abord, y avait-il eu des colons à Marrakech ? Dans la médina ?

Les deux autres faces du patio abritent l'une une fontaine aux beaux zelliges verts et bleus, et l'autre une sorte de pièce ouverte sur l'espace – en fait, ~~une sorte de~~ un renfoncement profond du mur dans lequel sont disposées une banquette et une table. (Selon le samsar, *on appelle cette drôle de pièce un* bouh. *Elle permet d'être à la fois dedans et dehors, les jours où il fait trop chaud pour rester dans un endroit clos.)*

« Bou » ? « Bout » ? « Bouh » ? Comment écrivait-on ce mot ?

En levant les yeux, debout dans le bouh… (Elle sourit.)… ~~*L'œil rencontre*~~ *on peut admirer un splendide plafond de cèdre peint de fleurs naïves enserrées dans des motifs géométriques. J'imaginai déjà les après-midi de* ~~farniente~~ *paresse où je m'étendrais sur la banquette et laisserais mes yeux vagabonder au milieu des fleurs…*

Une délicate frise en stuc ouvragé court sur les quatre murs en tadelakt… (Elle s'interrompit. Voyons, qu'avait dit le *samsar* ?) *Il s'agit d'une technique typiquement marocaine utilisée pour recouvrir les murs et qui donne une matière douce et un peu brillante, d'un jaune ocré très* ~~doux~~ *plaisant au regard. Au premier étage, on trouve deux chambres avec leurs salles de bains, protégées du soleil et de la pluie par une galerie aux belles arcades. Et enfin, tout là-haut, une* ~~merveilleuse~~ *belle terrasse avec un jardin d'hiver aux vitraux colorés, une pergola couverte d'une forêt* de bougainvillées rouges ~~tombant comme la chevelure d'une géante rousse~~, de galants de nuit — ~~ces plantes dont les fleurs ne s'ouvrent que durant la nuit~~ – et de lianes de Floride. Sur la resserre à bois poussent des cactées aux épines acérées.

Bien. Elle avait à peu près tout décrit. Et qu'allait-elle en faire, de cette petite merveille ?

D'abord la bibliothèque... Ce sera la petite pièce à gauche, en entrant. Les murs de cette pièce ont été faits, autrefois, en tadelakt *rose foncé. Mais le mur a vite pris son indépendance : des auréoles de salpêtre blanc, dues aux remontées d'humidité, ont fleuri jusque très haut, lui donnant un côté printanier... Des rayonnages de pin rouge occuperont tout un côté de cette petite pièce. Les deux autres murs – le quatrième ouvrant sur le patio par une porte vitrée – porteront des tableaux ~~d'artistes naïfs~~...*

Elle s'interrompit, un peu honteuse. Pourquoi avait-elle spontanément pensé à des naïfs ? Mais y a-t-il de *vrais* peintres au Maroc ? C'est curieux, elle ne s'était jamais posé la question.

... des tableaux qui m'accompagneront dans mon travail d'écriture. Au sol, il y aura un tapis berbère. Je garderai le mobilier que laissent ~~les propriétaires~~ les anciens occupants : une table ronde en noyer, pour poser les livres, quelques chaises...

Le salon : c'est la pièce où nous nous réfugierons l'hiver au coin de la cheminée et où nous jouirons d'un peu de fraîcheur pendant les mois de canicule. ~~Sinon,~~ Au demeurant, peu de meubles : deux fauteuils, ~~la~~ une « travailleuse » en acajou du XIXe siècle ~~que j'ai héritée de papa~~, un petit meuble bibliothèque et les menus objets que nous acquerrons au fil du temps.

Nous nous débarrasserons de ce drôle de canapé qu'ils *appellent ici un* seddari. (On verra, se dit-elle en barrant cette dernière phrase.) *Sur les tables, pêle-mêle, voisineront des poteries de l'Atlas...*

Y a-t-il des poteries dans l'Atlas ? Oui, sans doute.

... des pierres ramassées au gré des virées dans la montagne, des objets chinés aux puces...

Ils ont des marchés aux puces, au Maroc ? Bah, on verrait bien.

... des lampes aux abat-jour froissés par les intempéries, des oiseaux en bois de la Nouvelle-Écosse... (Elle avait ça, à Paris.)... *une sacoche de paysan usée et brodée de fils de soie... Un grand tapis au décor géométrique protégera le sol. Les murs en* tadelakt *ocre donneront une ambiance douce et feutrée à l'ensemble.*

Dans le « bouh », un simple sofa safran à la place de la banquette, une table et quatre chaises basses en fer forgé. Le « bouh » se suffit à lui-même, endroit de rêveries et de repos. Il est juste encadré par deux vases : nous n'y toucherons pas, ~~ils sont peut être brisés~~. (Elle barra la phrase. Qui connaît encore ce poème ? L'allusion serait perdue.)

En montant l'escalier qui mène au premier étage, on passera devant des photos, des collages... Des pierres, encore, des bouts de bois flotté seront disposés le long de la ~~large~~ *rambarde qui supporte colonnes et arcs arrondis, ce qui donnera un air un peu andalou à la maison. Dans la galerie protégée du soleil, des fauteuils en bois de thuya d'Essaouira* (le guide Michelin évoquait les ébénistes de cette ville et leurs « patients travaux de marqueterie » à partir *d'arar* ou thuya de Barbarie), *un petit canapé et une table à écrire, encore, inciteront à la sieste et à la lecture.*

Dans la chambre d'amis... (Elle avait décidé du sort de cette pièce sans en référer à François.)... *je suspendrai un tapis ancien au point noué. Il y aura d'autres toiles... Le couvre-lit et les rideaux blanc écru seront brodés de fil de soie doré...*

Elle ferma les yeux.

Notre chambre sera un concentré de nos coups de cœur, d'objets propitiatoires, de traces du passé... Des photos, une encre de Chine, un portrait de moi adolescente, un tapis accroché au-dessus du lit. Sur la commode, mon autel secret : un Ganesh en bronze, ~~mon dieu protecteur préféré,~~ une branche de corail noir, une grande boîte en laque du Japon où je mettrai mes colifichets, un fragment de jade, un soliflore bleu où je déposerai une rose blanche...

Et les odeurs, les fragrances ?

Un jour, après que nous aurons habité ici quelque temps, je saurai décrire les cascades de bougainvillées qui passent du rouge le plus vif au rouge le plus sombre, je pourrai évoquer le parfum des jasmins et celui, entêtant, des galants de nuit, je m'enhardirai à ~~décrire esquisser~~ croquer les oiseaux qui construisent leurs nids dans les corniches et entrent effrontément dans les chambres. Et puis, ~~il faudra~~ il y a la voix du muezzin qui scande l'appel à la prière cinq fois par jour, les cris des enfants qui jouent, les appels des colporteurs...

Elle ferma le cahier et s'allongea sur le lit, les yeux fermés. François rentra un peu plus tard. Il était d'excellente humeur.

— Alors ? Il avance, le grand roman de Cécile Girard ?

— J'ai déjà le décor. Reste l'histoire.

— Tu n'as qu'à raconter nos aventures.

— Quelles aventures ? Que veux-tu qu'il nous arrive ici ?

5

La chambre du fond

Le lendemain, Hmoudane les attendait comme convenu, à dix heures du matin, devant l'hôtel, pour aller visiter d'autres maisons. La Dacia était couverte de poussière.

— Monsieur, euh, Hhhhamid, pourquoi cette voiture, dont je vous rappelle qu'elle est la nôtre, est-elle si poussiéreuse ?

— Messire : Tahannaout hier, dépêche imprévue. Rompez !

(— Il est allé à la pêche ? On est à plus de deux cents bornes de la côte la plus proche !

— Il se fout de nous.)

— Quoi qu'il en soit, Benoît... euh, monsieur H, nous n'allons plus visiter de *riad*. Celui de la rue du Hammam nous plaît beaucoup... enfin, c'est-à-dire qu'il nous plaît un peu... Disons qu'il nous conviendrait éventuellement, si on peut s'entendre sur le prix.

Le visage de Hmoudane s'éclaira.

— *Ghan' t'fahmou*, pas *di* problème, tope là, maquignon !

(— Mac Ignon ?)

Le reste passa comme dans un rêve. Hmoudane donna quelques coups de téléphone et ils comprirent, à son pouce levé triomphalement plus qu'à son babil, que le vendeur acceptait la contre-proposition. Il y eut encore quelques rendez-vous à la banque, puis un passage chez le notaire, et l'affaire fut conclue.

Le vendeur s'avéra être un jeune homme mélancolique muni de plusieurs procurations qu'il tenait dans une vieille sacoche en cuir. Il ne desserra pratiquement pas les dents.

(— Il pense déjà à ses arpents de neige ?

— Idiot, tais-toi, on pourrait t'entendre.)

Le notaire leur remit plusieurs documents, la plupart rédigés en français. Hmoudane leur remit les clés du *riad*.

— À propos de clé, monsieur H, si vous me rendiez celle de ma voiture ?

— Hoiture ? *Ach m'n* hoiture ?

— La Dacia.

Ils comprirent à son air peiné et à sa gesticulation offensée qu'il n'aurait pas l'indélicatesse de leur rendre leur voiture sans l'avoir nettoyée de fond en comble (le prenaient-ils pour un malotru ?) et il disparut en trombe au volant d'une Dacia de moins en moins rouge.

Ils parcoururent à pied les quelques centaines de mètres qui les séparaient de leur nouvelle demeure. La main dans la main, indifférents aux *« Bonjour, madame ! Bonjour, monsieur ! »* que leur lançaient les gamins dépenaillés qu'ils croisaient, ils faisaient et refaisaient des projets d'ameublement, d'amélioration des « structures », de rafraîchissement des peintures.

Cécile avait des idées arrêtées.

— Du bleu, du blanc, dans toutes les tonalités, et c'est tout.

— Tu plaisantes ? C'est des couleurs chaudes qu'il nous faut.

— Idiot, il fait assez chaud comme ça, et encore ce n'est pas les grandes chaleurs, il paraît que ça monte jusqu'à près de 50 °C en août. C'est d'ombre et de couleurs froides que nous avons besoin.

— Bon ben, si c'est comme ça, t'auras ta chambre et moi la mienne. Ton igloo bleu et ma chaude tanière…

— Déjà, tu veux faire chambre à part ? Tu as l'intention de faire quoi, tout seul dans ta chambre ? Te taper des petites Berbères ?

— Au moins, tu ne m'auras pas dans les pattes quand tu te seras mise à écrire… je veux dire, quand tu écriras la suite. Il paraît que les écrivains sont imbuvables quand ils sont en plein travail.

— Ça oui, j'ai bien l'intention de devenir « imbuvable ». Qu'est-ce que tu feras quand j'aurai mes humeurs d'artiste ?

— Je me retirerai dans mes appartements.

— C'est bien ce que je disais : tu veux faire bande à part.

— Chambre à part.

— Euh, oui, c'est ce que je voulais dire. Et le jardin ?

— *Qué*, le jardin ? C'est juste un petit patio avec un grand arbre au milieu.

— Oui, mais qui s'en occupera ? Qui repiquera les poireaux ? Qui taillera les rosiers ?

— Ben, moi. J'en ferai un jardin de délices…

— … de maléfices…

Elle se mit à chanter, indifférente aux regards étonnés des passants et des boutiquiers.

— *Il est, paraît-il, des terres brûlées...*

— *... donnant plus de blé qu'un meilleur avril !*

Ils éclatèrent de rire et des enfants se mirent à rire
aussi, sans savoir pourquoi. Cécile esquissa quelques
pas de danse et une petite fille souriante s'enhardit à
venir danser à côté d'elle. François reprit :

— Je m'occuperai de tout. J'aurai des loisirs pendant que tu écriras le grand roman *marrakechois...*
marrakechien... comment dit-on ?

Cécile prit un air précieux.

— On dit : *marrakchi.*

— Comment tu sais ça, toi ?

— J'ai mes sources.

— Benoît ?

Ils éprouvèrent des sentiments troubles en poussant
la porte du *riad :* de la joie, de l'excitation mêlée
d'appréhension, et aussi le sentiment qu'ils avaient
enfin assouvi une envie secrète venue du plus profond
d'eux-mêmes. Un jeune homme, sans doute leur nouveau voisin puisqu'il sortait de la maison qui faisait
face à la leur, leur adressa un sourire et leur fit un
geste amical de la main. François répondit par le même
geste, en en exagérant l'amplitude, comme s'il était
déjà chez lui dans la ruelle. Cécile murmura :

— Tu as vu ?

— Quoi ?

— Son sourire... Il n'était pas un peu ironique ?

— Ironique ? Allons, ne sois pas parano.

« Notre nouvelle vie commence ici », pensa François

en refermant la lourde porte. Il eut un peu honte de sa grandiloquence et s'abstint de répéter à voix haute la phrase qui s'était formée dans sa tête.

Dans le vestibule, Cécile se figea. Elle était devenue très pâle.

— Mon Dieu...

— Quoi, qu'est-ce qu'il y a ? lui demanda François.

— Jamais je n'ai éprouvé ça...

— Mais quoi ?

— Là, en ce moment, je sais... j'ai la conviction, euh, *violente*, que je devais être ici, je... C'est comme si je revivais un moment, un moment...

— Mais ce n'est rien, ce n'est qu'un *déjà-vu*. Tu sais, ça s'explique très bien, scientifiquement. Ça se passe comme ça : il y a un microretard qui s'installe dans le cerveau...

Il s'interrompit. Cécile s'était assise dans le vestibule et pleurait à chaudes larmes, la tête enfouie dans les bras. Elle murmura :

— Non, ce n'est pas ça, tu ne comprends pas... J'ai la conviction que toute ma vie devait m'amener ici... J'ai peur.

Il s'agenouilla et approcha son visage du sien.

— Cécile, je ne te reconnais plus. Toi, si... si sobre, si... (Il n'osait dire « terre à terre ».)

Ils restèrent un long moment assis l'un à côté de l'autre. Elle finit par se calmer, puis se leva doucement.

— C'est fou, c'était comme si le mot « destin » m'avait tout à coup écrasée.

Elle s'efforça de rire.

— « Écrasée par un mot »... Tu te rends compte, les bizarreries que je raconte. Je ne sais pas ce qui m'arrive.

— Le poids des mots, le choc des photos…

Elle s'arrêta et se retourna.

— Qu'est-ce que tu as dit ?

— J'ai dit : « Le poids des mots, le choc des photos ». C'était juste pour dire quelque chose, parce que tu as dit : « écrasée par un mot ». C'est le slogan de *Paris Match*.

— Je le sais bien, benêt, que c'est le slogan de *Paris Match*. Mais c'est étrange, quand j'ai eu ce truc… cette bouffée d'angoisse, j'ai aussi vu une photo.

— Une photo de quoi ?

— Tu vas te moquer de moi ?

— Non. Je te le promets.

Elle frissonna et regarda autour d'elle, dans ce vestibule où ils se tenaient encore, comme si elle inspectait chaque mur.

— C'était une sorte de photo en noir et blanc… Un petit groupe de soldats sur un quai, enfin quelque chose qui ressemblait à un quai… On voyait des silhouettes de bateaux, derrière. Des grues… Tu vois ce que je veux dire, un port, quoi. Et ces hommes en uniforme, un petit groupe, qui regardent droit dans l'objectif…

— Et c'était qui, ces soldats ?

— Mais je n'en sais rien, François ! Je deviens peut-être folle.

Ils quittèrent le vestibule et entrèrent dans le patio. Cécile s'efforça à une certaine gaieté.

— Bon, je vais aller inspecter les chambres. Il y a peut-être des cadavres dans les placards.

— Ils doivent être bien décomposés, avec le climat qu'il y a ici.

— Beurk… Allez, va faire l'inventaire des plantes et des fleurs. Tu es le Le Nôtre de Marrakech.

— Je suis bien aise d'être Le Nôtre, si je puis être *le vôtre*.

— Joli… mais on a dû la faire cent fois, celle-là. François protesta :

— Je viens de l'inventer là, sur place. Tu ne reconnais pas mes talents créateurs ?

— Mais si, mais si. Va donc les infliger à la végétation.

Alors qu'il était sur la terrasse, penché sur un petit arbuste en pot dont il essayait de jauger la robustesse en lui donnant de petites tapes, François entendit un grand cri qui venait de « la pièce du fond ». C'était la voix de Cécile. Il redressa sa grande carcasse et se jeta dans l'escalier qu'il dévala en quelques secondes, fonçant en direction de la pièce. Sa femme en sortait à reculons, les yeux écarquillés, la bouche ouverte. Il la prit par le bras.

— Qu'est-ce qui se passe ? Qu'est-ce qu'il y a ? Elle pointa un doigt vers la pièce :

— Là, là…

— Quoi ?

— Il y a…

— Un intrus ? Il est armé ?

— Une vieille femme !

— Une… Qu'est-ce qu'elle fout là ?

— Comment veux-tu que je le sache ?

François entra dans la pièce, les poings serrés, les bras légèrement écartés, prêt à se défendre s'il était attaqué. Il balaya du regard toute la pièce, plissant les yeux pour mieux voir dans la semi-pénombre. Sur sa gauche, il finit par distinguer, sur une banquette, une forme rabougrie. Il s'approcha avec précaution. Pas de doute. C'était une très vieille femme, à la peau noire, tellement noire qu'elle semblait émettre des reflets bleutés.

François s'éclaircit la voix.

— *Ahem !* Pardon, madame...

Le foulard vert qui dissimulait les cheveux de *l'apparition* (c'était le mot qui cognait absurdement dans la tête de François) trembla un peu. Très lentement, elle tourna la tête et leva les yeux vers lui. Les deux globes minuscules, enfoncés dans leurs orbites sombres, étaient recouverts de taies qui semblaient être à la fois blanchâtres et translucides. Elle regarda le géant sans dire mot. Le voyait-elle ? Sa bouche, un trait gris sur fond noir, ne bougeait pas. Le nez camus, les pommettes légèrement luisantes, les mille petites rides qui composaient une harmonie de tons et de traits, tout respirait le calme et l'humilité.

« On dirait un dessin de Giacometti », pensa-t-il.

Il fut saisi par l'extraordinaire douceur qui émanait de la face menue levée vers lui.

— Vous comprenez le français, madame ?

Pas de réponse.

— Euh...

M... ! Comment parle-t-on à des gens qui ne comprennent pas le français ? Il ne s'était jamais trouvé dans une telle situation. *C'est bien simple : y a pas moyen*, pensa-t-il confusément. Il ressortit de la chambre devant laquelle se tenait toujours Cécile.

— Tu l'as vue ?

— Ben oui, je l'ai vue.

— C'est qui ?

— Mais enfin, Cécile, je ne le sais pas plus que toi !

— Qu'est-ce qu'on fait ?

— Il y a une seule chose à faire : retourner voir Hhhmachin, là, Benoît.

Hmoudane était en vadrouille. Ils décidèrent de l'attendre sur le trottoir.

— « Acheter chat en poche », je sais maintenant ce que signifie cette expression, dit François en scrutant l'avenue dans les deux sens.

— Je ne trouve pas ça drôle.

Au bout d'une demi-heure, ils virent arriver la Dacia rouge qui se gara le long du trottoir. Le *samsar* en sauta avec souplesse et fronça les sourcils en voyant le couple qui semblait l'attendre de pied ferme. Il salua d'une petite inclinaison de la tête.

— *Ahlan'*, princesse, *ahlan', sidi*. Y a une vindication ? *Chi mouchkil ?*

— Je veux, mon n'veu, grogna François au hasard.

— *Chnou ?* demanda Hmoudane en entrant dans son bureau, suivi des deux Français.

Il ouvrit un tiroir en marmonnant. Il avait l'air de chercher quelque chose, des clés sans doute. François regarda Cécile qui l'encouragea du regard. Il se racla la gorge.

— Monsieur mou d'âne, on a découvert une… une vieille dame dans la chambre du fond.

Cécile éclata d'un rire nerveux qu'elle essaya de réprimer en plaquant sa main sur sa bouche. Son mari se tourna vers elle.

— Ah, parce que ça te fait rire, toi ?

— Excuse-moi, chéri, mais c'est la phrase la plus insolite que je t'aie jamais entendu prononcer…

— Ben vas-y alors, explique-lui toi-même...

— Non, mais attends, ça m'a fait rire parce qu'on a l'air de deux explorateurs, comme ça, mais au lieu de découvrir l'Eldorado ou le passage du Nord-Ouest, « on a découvert une vieille dame dans la chambre du fond ».

— Tu me vois mort de rire.

— Ouais, bon, ça va, c'est nerveux, quoi...

— C'est étonnant comme tu passes de la crise d'angoisse à l'hilarité...

Hmoudane s'était arrêté de fourrager dans le tiroir et avait levé les yeux vers le couple qui se chamaillait. Le Français penchait maintenant sa grande carcasse vers lui et sa femme était secouée par une sorte de fou rire qui la faisait gigoter comme une petite fille.

— *Ch'nou ?* Quelle vieillarde ? Quelle chambre ? *Wa* qu'est-ce que c'est que ce bigntz ? *Aji wach n'ta...*

François le coupa.

— Venez avec nous et vous verrez !

— *Chouf... J'i* le temps et *j'i* pas le temps, annonça Hmoudane d'une façon mystérieuse.

François leva les bras au ciel.

— Ça veut dire quoi, ça ? Ça ne veut rien dire. C'est contradictoire.

Hmoudane était de nouveau en train de fouiller dans le tiroir. Il le faisait sans conviction, l'air de se donner une contenance. Sans lever la tête, il grommela.

— J'essplique, *a moulay. J'i* le temps *ila kanou hadou* des affaires qui m'rapportent de la thune... *walakine j'i* pas l'temps d'aller voir *l'khwa l'khawi.*

— Il m'énerve, il m'énerve, glissa François dans l'oreille de Cécile.

Celle-ci avait dominé son fou rire. Elle prit la direction des opérations.

— Écoutez, monsieur Benoît, vous nous avez vendu cette maison…

Hmoudane se redressa promptement et interrompit Cécile.

— *Lla, lla*, princesse ! *C'i* la famille Dadouch qui vous a vendu leur ancistrale demeure. Moi, je *n'i* fait que mettre de l'huile dans le veuvage. Je suis le *samsar*, rien de plus !

— Et ils sont où, ces Dadouch évanescents ? On peut les joindre comment ?

Le *samsar* écarta les bras et ouvrit grand les yeux, formant une belle allégorie de l'impuissance et de l'ignorance réunies.

— *M'chaou !* Émigrés ! Pfuiiit ! L'Canada ! L'Québec ! *Daba* ils sont canadiens *b'hal hadik* Céline Dion ! On ne peut pas les joindre ! *Kazzin' bl' berd !*

— Et ils seraient partis en oubliant leur grand-mère ?

Hmoudane referma le tiroir de son bureau d'un coup sec.

— *Lla*, princesse, *lla ! Ti* vas pas insulter *li* Dadouch ? *C'i di* vrais misilmans !

Il fit le tour de son bureau et vint se planter devant le couple. Levant un doigt indigné, il énonça un théorème.

— Jamais un misilman, il oublie sa mère-grand !

Puis il se gratta l'occiput, l'air dubitatif.

— Et d'abord de quoi s'agit-il ? *Fin houwa* le loup ?

François se pencha sur le petit homme et planta son regard dans le sien, en serrant les mâchoires.

— On n'en sort pas. Venez donc avec nous, monsieur Doudane, vous verrez vous-même.

— *Wakha... wakha...* Il faut voir à voir à c'qu'on voit, grommela Hmoudane en allant prendre les clés de son officine dans le tiroir de son bureau.

François et Cécile étaient déjà dehors. La Dacia les emporta tous les trois vers la rue du Hammam. Hmoudane chantonnait à voix basse (« À la claire fontaine... »), mais on voyait bien qu'il avait l'air soucieux.

François se tourna vers Cécile qui était assise sur la banquette arrière et chuchota :

— Tu te rends compte, on a réussi à avoir toute une conversation avec Benoît !

— On s'intègre vite.

— On sera bientôt plus marocains que Bourguiba.

François entra le premier dans la chambre du fond pour vérifier que la vieille dame s'y trouvait encore, puis il fit un geste impatient pour inviter Hmoudane à entrer à son tour. Le petit homme approcha avec circonspection.

— *Il i* toute petite, remarqua-t-il avec sagacité.

— Et alors ? répondit François. Si elle n'était pas plus grande qu'une souris, le problème n'en serait pas moindre.

Le *samsar* leva un doigt correcteur.

— *Ma t'goulch* « problème », *goul* « souci ». *C'i* la mode maintenant. *C'i* un touriste de Strasbourg qui m'en a informé.

François se retint de hurler. Il murmura :

— On s'en fout, de la sémantique. La question est : qu'allez-vous faire ?

— *Ana* ? Rien ! Je suis venu ici par curiosité. *Had chi*, ça n'arrive pas tous les jours, même à Marrakech. *Chouf, a sidi :* je ripète, *hadak* l'acte de vente, il a été signé entre vous et les Dadouch. *Ana, j'i* touché ma commission, *l'hamdoullah, ou ki tay goulou f' França :* je me fiche du tiers comme du quart. *Ou n'zidek :* c'est vous qui êtes en faute, peut-être. Vol de vieillard ? *Eh, a moulay !* Recel de marchandise avariée ? Allez, *b'slama !*

Il pointa soudain l'index vers la vieille dame et, profitant de ce que François et Cécile avaient tourné la tête vers elle, il sortit prestement de la pièce et disparut. Après quelques instants, on entendit la Dacia vrombir au loin. Puis le silence revint.

François et Cécile se regardèrent.

— Bon, qu'est-ce qu'on fait maintenant ?

Elle leva le doigt comme si elle avait soudain une inspiration.

— Le voisin que nous avons rencontré le premier jour ?

— Quoi, le voisin ?

— Ben, il avait l'air sympa et il a l'air de parler français…

— « L'air de parler français » ? C'est bizarre, comme formulation…

— On lui demande conseil ? Après tout, il habite juste en face.

6

Mansour entre en scène

François donna trois coups secs à l'aide du heurtoir doré. N'entendant rien bouger dans la maison, il donna trois autres coups. Cette fois-ci, ils entendirent des pas derrière la porte qui s'ouvrit lentement.

Le voisin était un jeune homme frêle, de taille moyenne, vêtu d'un jean et d'une chemise blanche. Il regarda les étrangers avec un sourire un peu ironique, comme s'il les attendait.

François hésita.

— Excusez-moi de vous déranger, monsieur... Euh, vous parlez français, n'est-ce pas ?

Le jeune homme répondit sans la moindre trace d'accent.

— Mais oui. Que puis-je faire pour vous ?

François prit une profonde aspiration, puis se lança.

— Écoutez, je sais que c'est bizarre mais on a un problème... euh, un souci. Nous avons acheté le *riad* juste en face.

— Oui, je sais. *(Comment savait-il ?)* Bienvenue à Marrakech. Vous êtes des Français de France ou du Maroc ?

François et Cécile se regardèrent. Ils n'avaient jamais envisagé cette question.

Qui étaient-ils ?

— Je suppose que nous sommes des Français de France, mais maintenant que nous avons acquis ce bien immobilier... (Il se mordit les lèvres. « Qu'est-ce que je suis pompeux ! »)... cette maison, et que nous allons souvent y résider (« Résider ? Ça ne s'arrange pas... »)... alors, je suppose que nous allons devenir des Français du Maroc ? (Il s'efforça de prendre un ton guilleret.) Au bout de combien de temps a-t-on droit à l'appellation contrôlée ?

Le jeune homme sourit comme s'il appréciait la plaisanterie et tendit la main à François.

— Re-bienvenue ! Je m'appelle Abarro. Mansour Abarro.

Cécile intervint pour la première fois.

— C'est curieux, ça sonne comme... C'est un nom espagnol ?

— Non, c'est tout ce qu'il y a de marocain. Berbère, si vous voulez.

Il lui tendit la main. Cécile eut une petite hésitation, puis la serra mollement. Le jeune homme fronça les sourcils de façon presque imperceptible.

— Ne vous inquiétez pas, je ne suis pas scrofuleux.

Cécile eut un petit rire nerveux.

— Non, non... Je me demandais seulement si vous aviez le droit de serrer la main des femmes...

Les yeux de Mansour Abarro s'ouvrirent grand.

— Mais... c'est moi qui vous ai tendu la main. Et pourquoi n'aurais-je pas *le droit* de, comment dit-on ? de vous *broyer la dextre* ?

— Euh... C'est votre religion...

— *Ma* religion ? Mais qu'est-ce que vous en savez ?

— Vous êtes musulman, non ?

— Ah, bon ? C'est écrit sur mon front ?

Il se passa deux doigts au-dessus des sourcils et fit mine de frotter énergiquement.

— Alors, vous n'êtes pas musulman ?

— Peu importe ce que je suis ou ne suis pas… Ça n'a aucune importance. Le fait est que personne n'en sait rien, *a priori*. Et c'est très bien comme ça.

François fit diversion.

— Excusez-moi, monsieur… Arabbo ?

— A-bar-ro.

— C'est ça, monsieur Abarro… Une question, j'espère qu'elle n'est pas indiscrète. Comment se fait-il que vous parliez si bien le français ? « Scrofuleux », « broyer la dextre », y a même des Français qui n'ont pas ce vocabulaire.

Le jeune homme hocha la tête.

— Tant pis pour eux. Ils n'ont qu'à lire un livre de temps en temps.

François insista.

— Mais comment… ?

— Comment se peut-ce ? Très simple, mes parents m'ont mis à l'école française. Dès la maternelle. CP, CE, CM1 et CM2 : vous connaissez la litanie. Et puis je suis entré au lycée français de Marrakech : il porte le nom de Victor Hugo, hélas.

— Hélas ?

— Hmmm. J'aurais préféré Rimbaud. Vous voyez : j'ai eu exactement la même éducation que vous… peut-être pas la même éducation, en tout cas les mêmes cours, les mêmes manuels…

Ses yeux brillaient d'une lueur ironique (« sardo-nique », pensa Cécile).

— Que puis-je faire pour vous ?

François hésita.

— Je sais que ça peut paraître incroyable, mais on a trouvé une vieille femme dans notre *riad*...

— Comment ça, « trouvé » ?

— Ben oui, je ne peux pas l'exprimer autrement. On a acheté le *riad* et quand on en a pris possession (« M..., je m'exprime laborieusement, ça doit être la chaleur... »), enfin, quand on a voulu s'y installer, il y avait une vieille... euh, dame, dans la chambre du fond.

— « La chambre du fond », ce n'est pas le titre d'un roman, ça ?

— Euh, oui, c'est possible, je n'en sais rien... Pouvez-vous nous aider, nous donner un conseil ? On vient d'arriver à Marrakech, on ne connaît pas les usages. À vrai dire, on est un peu dépassés, là.

— Comment ? Vous ne savez pas qu'il y a dans chaque *riad* une aïeule qu'il faut nourrir *ad vitam aeternam* ?

François et Cécile se regardèrent, ahuris. Mansour Abarro éclata de rire.

— Allons, je plaisante. Allons voir votre squatteur. Ou squatteuse ?

Mansour Abarro jeta un coup d'œil dans la chambre, en ressortit immédiatement et alla chercher dans la cuisine un verre d'eau qu'il tendit à la vieille dame. Elle ne bougea pas. Sans insister, il posa le verre avec précaution à côté d'elle, à même le sol.

(— Pourquoi il fait ça ?

— Je ne sais pas. Mais il a raison... J'ai l'impression que c'est ce qu'il faut faire, dans ce genre de situation.

— Ce genre... Tu as déjà été dans un *bigntz* pareil, comme dirait Benoît ?

— Oui : quand j'étais petite, on a trouvé un chaton chez nous, dans le jardin, au retour des vacances. Il était égaré... ou abandonné.

— Et alors ?

— La première chose que maman a faite, c'est de lui apporter une écuelle de lait.)

Le jeune homme s'assit à côté de la vieille dame. Il se mit à lui parler à voix basse. Elle ne répondait pas, mais gardait le visage tourné vers lui. Au bout de quelques minutes, il se releva et entraîna les deux Français en dehors de la pièce, dans le petit jardin. Il avait l'air perplexe.

— Qu'y a-t-il ? demanda François. Vous avez l'air, euh...

— C'est étrange, l'interrompit Mansour. Je lui ai posé quelques questions auxquelles elle n'a pas répondu, mais ensuite j'ai eu l'impression qu'elle me disait quelque chose, autre chose, qui n'avait rien à voir avec mes questions.

— Elle vous a dit quelque chose ?

— Oui, j'ai eu l'impression de *l'entendre*. Distinctement.

— Mais elle n'a pas parlé, ses lèvres n'ont pas bougé une seule fois !

— C'est bien pour cela que c'est étrange.

— Et qu'est-ce qu'elle a dit ?

— Attendez...

Mansour Abarro ferma les yeux, comme s'il tentait de se concentrer à l'extrême, puis les rouvrit.

— Elle m'a dit : *Ces chrétiens sont venus me ramener mon fils Tayeb.*

Cécile laissa échapper un cri angoissé et se serra contre François qui secoua la tête et grogna en fixant durement du regard le jeune Marocain.

— Excusez-moi, mais… est-ce que vous vous foutez de nous ? Vous racontez n'importe quoi, on a bien vu que cette… euh, dame n'a pas ouvert la bouche. Vous inventez des histoires.

Mansour Abarro se passa les doigts dans les cheveux et regarda François comme s'il le voyait pour la première fois. Puis il secoua la tête en soufflant fortement, comme un cheval qui s'ébroue, et se leva.

— Croyez-moi, si je pouvais inventer des histoires, je ferais un autre métier. Je serais écrivain, par exemple, au lieu de me coltiner mille étudiants dans des amphis surchauffés. Ce qui se passe ici est incompréhensible. Mais je vous répète que *j'ai entendu* ce que m'a raconté Massouda.

François sursauta.

— Mais… vous connaissez son nom ! C'est un coup monté, vous la connaissiez déjà ! Vous venez de vous trahir !

— Pas du tout.

— Mais alors…

— Alors, rien. C'est elle qui me l'a dit.

— Quand ? Comment ?

— Tout à l'heure. Je l'ai entendue *distinctement* me dire comment elle s'appelait.

Cécile se rapprocha de son mari et lui serra le bras.

— François, je n'aime pas du tout ce qui est en train de se passer.

Mansour Abarro leva les deux bras en signe d'apaisement.

— Écoutez, je suis aussi étonné que vous, on est dans le même bateau. Le plus simple, c'est d'aller voir la police. Allez au poste qui se trouve à côté du Club Med, sur la place Jemaa el-Fna. Ce n'est pas loin d'ici. Demandez le commissaire Chaâbane.

— Un de vos cousins ?

— Non, mais un jour, dans une manif' de syndicalistes, il m'a mis une gifle. Ça crée des liens.

— Vous plaisantez ?

— À peine. Allez le voir de ma part.

Mansour Abarro salua d'une petite inclinaison du buste, puis s'éloigna rapidement dans le patio. Ils entendirent la porte de la maison s'ouvrir, puis se fermer.

7

Le commissaire à la rescousse

Voyant un couple de touristes franchir le seuil du commissariat, un *chaouch* se leva précipitamment et vint à leur rencontre.

— *Ach kayne, a sidi ?*
— Le commissaire Chabane ?
— *Chaâbane ?*
— Oui, c'est ça.

(— C'est irritant, *ils* me font toujours tout répéter, je parle pourtant clairement, non ?

— Ils ont de la harissa dans les oreilles.)

— *Ch'nou smiyetkoum ?* Vos noms ?
— M. et Mme Girard.

Le *chaouch* disparut dans les couloirs, puis, après quelques instants, il revint les chercher. Il les conduisit dans une grande pièce entièrement nue à l'exception d'un portrait du jeune roi accroché au mur et d'un long bureau derrière lequel se tenait le commissaire de police. C'était d'abord une moustache que cet homme, fournie, menaçante ; puis une trogne de bouledogue ornée de sillons, de bosses et de poils saugrenus ; enfin, un regard à glacer les suspects – et on sentait

65

bien que le monde entier devenait suspect devant un tel regard.

« Il a la gueule de l'emploi », pensa François.

« Quel horrible bonhomme », pensa Cécile.

Il ne se leva pas. Il ne leur fit pas signe de s'asseoir. Cécile le foudroya du regard, mais il ne parut pas s'en apercevoir. Il se contenta de grogner :

— Madame, monsieur, que puis-je faire pour vous ?

François s'éclaircit la voix.

— Euh, je ne sais pas trop par où commencer... Voilà : nous avons acheté un *riad* rue du Hammam...

— Je sais, dit froidement le commissaire.

François et Cécile se regardèrent, interloqués. *Comment savait-il ?*

— Et alors ? s'impatienta le commissaire en regardant ostensiblement sa montre.

François se jeta à l'eau.

— Eh bien, nous y avons, euh, trouvé une vieille dame...

— Comment ça, « trouvé » ?

Le commissaire semblait sincèrement ébahi. Il se leva à demi sur sa chaise, s'appuyant de ses mains sur le bureau, et ses petits yeux commencèrent à aller et venir d'un Français à l'autre, comme s'il s'efforçait de noter chaque signe distinctif de leurs visages. Cécile eut nettement l'impression que ce qui étonnait le plus le commissaire, c'était de ne pas *savoir*, de ne pas *déjà* être au courant d'un incident aussi bizarre.

François expliqua patiemment toute l'affaire. La moustache se rassit et écarta les bras en un grand geste où se mêlaient l'incompréhension et l'indignation.

— Mais on ne « trouve » pas des vieilles dames comme ça ! Comme des colis oubliés dans la salle d'attente d'une gare ! *Lla*, monsieur, *lla*, ça va pas, ça, ça va pas !

— C'est bien pour cela que nous sommes venus vous voir.

— Décrivez donc la personne.

Le commissaire prit une feuille de papier dans un tiroir, la déposa devant lui et s'empara d'un crayon dans un plumier.

(« Tiens, ils ont encore des plumiers ? »)

François donna un petit coup de coude à sa femme.

— Vas-y, toi !

Cécile secoua la tête, puis se lança.

— C'est une personne âgée, très âgée…

— Oui ?

— Elle est toute chenue…

— Pardon ?

— « Chenue ». Ça veut dire « petite ».

Le commissaire, qui n'avait encore rien écrit, regarda Cécile d'un air perplexe.

— Étrange… Ce sont deux mots qui veulent dire la même chose ? Pourquoi utilisez-vous l'un plutôt que l'autre ?

— Non, il y a une nuance. Mais je n'arrive pas à l'exprimer clairement…

— Madame, je vous somme de m'expliquer la différence entre « petite » et « chenue ».

— Comment ça, vous me *sommez* ? De quel droit ?

— Madame, je dois faire un procès-verbal et il doit être le plus précis possible. C'est vous qui avez semé la confusion en employant un mot pour un autre. Je vous signale d'ailleurs que vous avez de la chance que je prenne votre déposition dans votre langue alors que la langue officielle de ce pays est l'arabe et non le français. C'est pourquoi *je vous somme* d'être claire quand vous utilisez votre propre langue et *je vous somme* de m'expliquer la différence entre « chenue » et « petite », sinon vous sortez de mon bureau et vous allez raconter vos aventures aux singes de la place. Il y en a beaucoup.

Cécile, interloquée, regarda François. Celui-ci prit le relais.

— Monsieur le commissaire, « petit » est un terme assez neutre qui peut aussi bien s'utiliser pour un enfant que pour un adulte. En revanche, « chenu » s'utilise surtout pour les vieillards, on peut imaginer quelqu'un de taille moyenne qui, en vieillissant, se courbe ou même raccourcit sous le poids des ans : on dit alors *chenu* ou, si vous voulez, *rabougri*.

— Rabougri ?

(— M... ! Maintenant, c'est moi qu'il va *sommer*. Ou assommer.)

Cécile intervint :

— Chenue, elle est chenue, c'est tout !

— Mmmm. Continuez la description, s'il vous plaît.

— Eh bien, voilà, il n'y a pas grand-chose à ajouter.

Le commissaire hocha la tête, puis rangea soigneusement le crayon dans le plumier.

— Madame, monsieur, vous venez de me décrire *toutes* les vieilles femmes du monde. Du moins, toutes celles qui sont « chenues » : on peut donc éliminer les géantes de notre enquête. Mais ça ne nous avance pas, y en a pas des masses à Marrakech.

Il avait dit tout cela d'un ton très sérieux, la moustache impassible. Était-ce de l'ironie ? Il continua :

— Au moins, savez-vous si elle est marocaine ?

— Ah, ça, oui !

— Et comment le savez-vous ?

François se retint à temps de prononcer la phrase qui s'était formée tout naturellement dans sa tête (« Ben, elle a une tête de Marocaine »).

— En fait, on n'en sait rien, mais je ne vois pas très bien ce qu'une Péruvienne viendrait faire à Marrakech...

— Une Péruvienne ?

Chaâbane se mit à lisser sa moustache.

— Quels sont vos rapports avec le Pérou, monsieur Girard ?

— Pardon ?

— C'est pas loin de la Colombie, n'est-ce pas ? Je croyais que vous étiez français ? Vous êtes en transit vers la Colombie ? Ou vous en revenez ?

La moustache se mit à frémir.

— Vous êtes importateur ? Vous importez quoi ? Où sont vos bagages ? Vous êtes encore à l'hôtel du Dadès ?

François leva les bras, les paumes ouvertes en direction du commissaire, comme s'il voulait arrêter ce flot de mots qui menaçait de les emmener tous au-delà des limites de la raison.

— Mais rien, rien... C'était juste une façon de parler. Oublions l'Amérique latine.

— Latine ?

— Oubliez tout, monsieur le commissaire...

— Mais ce n'est pas mon métier, d'oublier. C'est même l'inverse.

Cécile intervint d'une voix ferme.

— Monsieur le commissaire, il y a une vieille dame

dans notre *riad*. Nous ne savons pas qui elle est ni d'où elle sort. Nous venons vous demander de nous aider à résoudre ce problème. Ce souci.

Chaâbane avait tourné la tête vers la jeune femme. Quand elle eut fini sa phrase, il attendit un instant, comme s'il n'arrivait pas à se désengluer de ce regard bleu qui soutenait son regard, puis il s'ébroua et demanda :

— Qu'attendez-vous de moi, au juste ? Vous voulez connaître l'identité de votre *chenue* ?

— Non, pas vraiment. Au fond, on s'en moque. On veut seulement qu'elle... qu'elle ne soit plus dans notre maison.

— Et comment va-t-on accomplir ce miracle ?

Cécile leva les bras en l'air, en signe d'impuissance. François murmura :

— Mais, on ne peut pas la... *déplacer* ? La mettre en maison de retraite ?

Le commissaire eut une sorte de haut-le-cœur.

— Une maison de retraite, à Marrakech ? (« Il sort d'où, ce *nasrani* ? ») Vous savez, on ne parque pas nos vieux dans des... comment dit-on ?... des mouroirs... On les garde chez nous, en famille, même quand ils sont *chenus*. Surtout quand il sont *chenus*.

Un temps.

— Cela dit, il paraît que le premier hospice de vieillards a vu le jour à Casablanca. Tout fout l'camp, hélas. Nos traditions disparaissent... (Il lissa les pointes de sa moustache. Ce devait être un tic.) Pourtant, il y a un article dans notre code civil qui impose aux enfants de nourrir et loger leurs parents âgés.

François eut soudain l'air très intéressé.

— C'est dans la loi ? Noir sur blanc ?

— Ben oui, ce n'est pas écrit à l'encre invisible.

Pour la première fois depuis le début de leur entretien, le commissaire arbora un large sourire, très fier de sa plaisanterie. Il la répéta :

— Hé, hé, ce n'est pas écrit à l'encre invisible...

François ne se laissa pas distraire.

— Mais dans ce cas, si c'est dans la loi, il suffit de trouver ses enfants et l'affaire est réglée. Ils la prendront en charge.

— C'est vrai, admit à regret le commissaire. Mais il y a quelque chose qui ne colle pas. Vous avez acheté la maison aux Dadouch, n'est-ce pas ?

Décidément, il savait tout.

— Oui, mais nous avons à peine rencontré un de leurs fils. Tout s'est passé par l'intermédiaire de l'agent immobilier, M. Moudane.

— Hmoudane, le poète ?

François et Cécile se regardèrent, surpris. Benoît taquinant la muse ? On entrait résolument dans l'absurde.

— Bon, dit le commissaire, allons voir notre grand *cha'ir*.

— Ça veut dire quoi, *chat-hire* ? demanda Cécile timidement.

— *Cha'ir*, répondit Chaâbane en mettant son képi, *cha'ir*, ça veut dire « poète ».

— Pardon, intervint François, mais vous avez dit : « Il y a quelque chose qui ne colle pas. »

— Ah oui, murmura l'homme en resserrant son ceinturon.

— Et... qu'est-ce qui ne...

71

Le commissaire planta son index dans le ventre de François.

— Ce qui ne colle pas, monsieur l'importateur, c'est que les Dadouch n'avaient ni grand-mère, ni grand-tante, ni aucune vieille personne, ni chenu ni Chinois, dans leur *riad*. Qui est maintenant le vôtre. Qui est donc votre responsabilité.

Le commissaire poussa d'autorité la porte de l'officine et entra d'un pas ferme. Hmoudane, qui somnolait derrière son bureau, se leva pesamment en ronchonnant.

— *Ch'nou ?*

Puis il reconnut le commissaire et un sourire éclaira sa face rubiconde. Les deux hommes se serrèrent d'abord la main, se donnèrent une tape sur l'épaule, puis s'étreignirent comme de vieilles connaissances. Ce salut à trois temps inquiéta vaguement François qui y vit comme le scellement d'une alliance qui ne manquerait pas de se retourner contre eux – eux qui n'étreignaient personne.

— *Salâm, si l'commissir...*

— *Salâm...*

Sans prêter attention aux deux Français, Hmoudane se faufila entre eux et sortit sur le pas de la porte. Il sembla donner un ordre à un adolescent qui se tenait debout contre le mur, un pied replié comme un flamant rose. L'adolescent fila vers les marais.

— Le caoua arrive, annonça Hmoudane en rentrant dans son bureau. Que puis-je faire pour vous ?

Le commissaire prit la parole sur un ton extrêmement ennuyé.

— *Aji, n't a li-be'ti li'oum haddik ad-dar diyal ad-dadouchiyine ?*

François intervint :

— Sans vouloir vous commander, messieurs, et encore moins vous sommer, est-ce que vous pourriez parler français ? Ça nous permettrait de suivre...

Hmoudane passa très naturellement à la langue de Voltaire :

— *Eh, ana j'i* vendu *kitay goulou* la mison pittoresque. *Walakine il* était vide, *khawya, ma fiha la* aïeule respectable *la oualou.*

— Vous êtes sûr ? demanda le commissaire. Il n'y avait pas une *chibaniyya* chenue ?

— *Ch'nou ? Chinouiyya ? Wa kâyn* les Chinois, il y en a de plus en plus au Maroc, *walakine*, sur la vie de ma mère, il n'y avait pas de Chinois dans le *riad* quand je l'ai vendu.

Il se tut un instant et prit un air peiné.

— *Aji,* est-ce que vous me soupçonnez de quelque chose ?

Le commissaire posa sa main sur l'épaule de l'agent immobilier.

— Mais non, *si* Hmoudane, mais non, je voulais juste vérifier les données.

François profita de la présence du commissaire pour exiger du *samsar* qu'il lui donne les clés de la Dacia, ce qu'il fit après quelques ronchonnements.

— Et elle est où, notre voiture ?

— *Wayni hada...* La confiance règne, *kitay goulou.*

Il leur fit signe de sortir et les conduisit au coin de la rue. Effectivement, la voiture avait été nettoyée de fond en comble, les vitres étaient lavées et les housses avaient été époussetées. Elle semblait être toute neuve. François et Cécile se regardèrent, étonnés.

(— Benoît n'est pas un escroc, finalement.

— C'est bien pour cela qu'il s'appelle Benoît.)

Ils revinrent au bureau où le commissaire attendait. Hmoudane leur fit un petit signe d'adieu lorsqu'ils sortirent de son antre. Ils se heurtèrent à l'adolescent embarrassé d'un plateau chargé de verres. Il s'inquiéta, maussade :

— Et le café ?

— Tu le boiras à notre santé, conclut le commissaire. Allons tirer cette affaire au clair. J'ai d'autres chats à fouetter.

Ils arrivèrent rue du Hammam. Le commissaire s'arrêta d'abord devant une épicerie et eut un bref conciliabule avec le tenancier. Il hocha la tête et regarda François d'un air soupçonneux. François protesta, à tout hasard :

— Ben quoi, qu'est-ce qu'il y a ?

— L'épicier affirme qu'aucune vieille dame n'est entrée ou sortie de *votre* maison depuis des lustres.

— Il y a peut-être des mouvements de foule en son absence.

— Quelle absence ? Il est ici, fidèle au poste, de l'aube à la tombée de la nuit.

— Comme l'Arabe du coin à Paris, murmura Cécile.

Le commissaire avait l'oreille fine. Il se tourna vers Cécile et rétorqua :

— Sauf qu'ici, l'Arabe du coin, c'est toujours un Berbère.

Il entra d'un pas vif dans le *riad*, jeta un coup d'œil au bigaradier et se dirigea vers la chambre du fond. Les deux hommes y pénétrèrent, Cécile restant dans l'embrasure de la porte. La vieille dame avait la tête baissée – était-elle en train de prier ? Après un moment d'immobilité totale, elle se tourna lentement vers Chaâbane. Tout sembla s'estomper. La pénombre qui baignait la petite pièce se fit plus profonde et la forme tassée dans le coin sembla se fondre dans l'obscurité. Cécile frissonna et se retourna instinctivement vers le jardin, levant les yeux. Un nuage noir flottait au-dessus de la maison – pourquoi ce silence, tout à coup ?

François fronça les sourcils, s'efforçant de retrouver la silhouette familière dans le rideau de suie qui était tombé sur la scène. Peine perdue : on ne distinguait plus rien – on ne voyait plus d'elle que ses yeux clairs – et ses yeux fixaient le commissaire. Celui-ci resta immobile pendant un long moment, puis il grogna et s'avança. D'un geste nerveux, il tenta de saisir le bras de la vieille dame, mais ses doigts semblèrent se refermer sur le vide. Les yeux clairs continuaient de fouiller dans son âme. Contrarié, il grogna, lança de nouveau son bras au jugé – et reçut une sorte de décharge électrique qui lui fit faire un bond prodigieux en arrière. Il se retrouva dans les bras de François qui, surpris, voulut reculer, trébucha et tomba de tout son long en travers de la porte, entraînant dans sa chute Cécile. Les trois corps enchevêtrés mirent quelques instants à se dépêtrer les uns des autres.

Sautant sur ses pieds, le commissaire se mit à hurler :

— Mon bras ! Mon bras !

Son bras droit pendait le long de son corps comme une masse morte.

— Je ne peux plus le bouger !

Il jeta un regard halluciné sur la vieille dame. Elle semblait être une apparition, maintenant. C'est à peine si on la distinguait, ombre sur ombre, dans le noir. Chaâbane hurla :

— Vous deux ! Restez ici ou retournez au Pérou, si ça vous chante, mais ne venez plus me déranger !

Il sortit au pas de course du *riad*, tenant son bras de la main gauche. François et Cécile se relevèrent à leur tour, au comble de l'étonnement.

— Mais qu'est-ce qui s'est passé ?

— Je n'en sais rien. On nage dans une histoire de fous.

Ils allèrent s'asseoir dans le *bouh*. Cécile se tourna vers son mari.

— Alors, qu'est-ce qu'on fait ?

— Il faut la nourrir. On n'est pas des bœufs.

— Si tu pouvais déjà cesser de te servir d'expressions toutes faites, ça irait mieux. C'est énervant !

François décida de donner de l'eau à l'aïeule. Il alla en chercher dans une écuelle, entra dans la chambre et présenta l'ustensile comme s'il en faisait l'offrande. La vieille dame ne bougea pas. Il poussa l'écuelle doucement vers sa bouche et eut l'impression étrange que l'objet ne rencontrait aucun obstacle, comme s'il pénétrait dans une sorte d'éther à visage humain. Ce devait être une illusion d'optique. Il reposa l'écuelle et sortit de la chambre. Il décida de ne rien dire à Cécile. Elle était déjà assez énervée. Elle l'apostropha immédiatement.

— Je ne peux pas dormir ici, avec cette… cette je

ne sais trop quoi, dans la chambre du fond. Surtout après ce qui s'est passé avec le commissaire.

— Mais quoi, le commissaire ? Il a fait un faux mouvement, tu as bien vu qu'il est tombé, il s'est foulé le bras…

— Foulé le bras ?

— Foulé, tordu, cassé, je n'en sais rien… Tout de même, ce n'est pas une centenaire qui va nous chasser de chez nous. D'ailleurs, maintenant que j'y pense, c'est peut-être ça, le but de la manœuvre : *ils* nous vendent une maison, puis *ils* y plantent une complice grimée en spectre et ils attendent qu'on déguerpisse, morts de trouille. Pas question qu'on se fasse avoir ! J'y suis, j'y reste. On verra bien qui se fatiguera le premier.

— En attendant, je ne peux pas dormir ici, cette nuit.

— Si tu y tiens, tu vas retourner dormir au Dadès.

— On a déjà fait le check-out.

— Oui, mais nos bagages y sont encore. On n'a qu'à prendre de nouveau une chambre.

Il la conduisit à l'hôtel et demanda une chambre. Le réceptionniste, un jeune homme à l'air effronté, leva un sourcil inquisiteur :

— Mais vous avez fait votre check-out ce matin ?

— Et alors ? Ça veut dire qu'on n'a plus jamais le droit de prendre une chambre chez vous ? C'est ce que dit la *charia* ?

— Non, mais… Faudrait savoir, quoi. Vous partez ou vous arrivez ?

— Disons qu'on revient. On ne peut plus se passer de vous. D'ailleurs, nos bagages sont encore dans votre remise.

Le réceptionniste haussa les épaules.

— Allez, monsieur Girard, je vous donne la même chambre. C'est comme si vous n'étiez jamais partis. Et vous avez droit à deux petits déjeuners gratuits demain matin pour vous remercier de votre fidélité.

Il avait dit cela avec un large sourire.

(— Ils sont tous ironiques, ici ? Ça cache quoi ?

— Ah non, ne recommence pas ta parano.)

François ouvrit la porte de la chambre et s'effaça pour laisser passer Cécile.

— Nous revoilà ! On dirait « l'éternel retour ».

Il déposa un baiser sur le front de Cécile qui alla s'étendre sur le lit, silencieuse.

— Bon, repose-toi bien, moi je retourne rue du Hammam.

— Pourquoi ?

— Ben, je vais… surveiller.

— Qu'est-ce que tu vas surveiller ? La vieille ? Elle ne va pas voler les… voler les volets, tiens !

Ils éclatèrent tous les deux de rire, mais c'était un rire nerveux, un rire sans joie.

— OK, je reste.

Ce soir-là, les deux Français tournèrent la question dans tous les sens.

— Soyons rationnels. Hmoudane prétend qu'il ne connaît pas la vieille…

— En même temps, on ne comprend pas tout ce qu'il dit, surtout quand il parle en berbère.

— Mais on l'a visitée, cette maison ! Et même deux fois ! Elle était vide.

— Disons qu'on n'a rien vu.

— L'épicier du coin n'a jamais vu personne entrer ni sortir. Et crois-moi, s'il y a bien quelqu'un qui sait ce qui se passe, c'est l'épicier ! Si ça se trouve, c'est un mouchard de la police.

— Et qu'est-ce que c'est que cette histoire que nous a racontée le voisin, là, Arrabo ? Ce fils qu'il faut qu'on lui *rende* ?

— Ça, c'est du délire, n'y pense même pas.

8

Ce que la nuit raconte

Le lendemain matin, le petit déjeuner avalé, François et Cécile se dirigèrent à pied vers leur *riad*. Comme ils entraient dans la rue du Hammam, Mansour Abarro, qui venait en sens inverse, leur barra la route, l'air rigolard.

— Alors, il paraît que vous avez cassé le bras d'un commissaire de police ? Chapeau bas ! Ils sont peu nombreux, ceux qui peuvent en dire autant. Les autres mangent les pissenlits par la racine...

L'index dressé, François fit un signe de dénégation.

— On n'y est pour rien ! Je crois qu'il s'est... je ne connais pas la formule exacte, mais ce doit être nerveux. Il est paralysé.

— C'est *psychosomatique*, ajouta Cécile.

Mansour les regarda un instant en hochant la tête, puis il changea de sujet.

— Vous êtes libres, ce soir ? Je vous invite à dîner. Il faut que vous vous remettiez de vos émotions. On ira à Asni, dans la montagne, en voiture.

François se tapa le front.

— Ça me rappelle que nous n'avons pas encore

rendu la Dacia à Hertz. Benoît a fini par nous la rendre, mais elle est garée je ne sais où.

— Benoît ?

— Euh, je veux dire Moudane, c'est un agent immobilier.

— Hmoudane le *samsar* ? Vous faites des affaires avec ce toqué ?

— Vous le connaissez ?

— Tout le monde le connaît. Un type qui parle comme un livre et qui chante des chansons des années 30...

— Comment ça se fait ?

— Il a vécu pendant des années avec un transistor vissé dans l'oreille. Il captait des radios françaises. Il ne ratait jamais « Les cinglés du music-hall ».

— Le truc de Jean-Christophe Averty ? Eh ben, ça ne nous rajeunit pas...

Cécile intervint :

— Mais son cousin m'avait raconté autre chose, à Paris... Il m'a dit qu'il avait dévoré des centaines de vieux bouquins, tout ce qui était imprimé. Il attendait patiemment l'autobus quotidien de la TCM, ou la CTM, ou quelque chose comme ça, au bord de la route...

Abarro sourit.

— Bah, nous autres Marocains, nous avons toujours dix versions de la même histoire. C'est comme la vie : on peut toujours la raconter de dix façons différentes, hein ?

— Ouais, dit François, pas du tout convaincu.

— Alors, je vous emmène ce soir à Asni ?

— Franchement, non, on n'a pas le temps... ni le cœur à faire du tourisme.

81

— Bon, eh bien, allons au moins prendre un verre de thé dans le petit boui-boui, là-bas ?

Ils s'attablèrent et commandèrent des *berrads* de thé. François regardait le jeune professeur d'un air soupçonneux. Après quelques minutes à parler de Marrakech et des environs, il changea de sujet.

— J'ai du mal à croire que vous ayez vraiment *entendu* la vieille dame vous dire… enfin, cette phrase bizarre…

Abarro posa son verre et regarda François bien en face.

— Eh bien, refaisons l'expérience !

François soutint son regard.

— Chiche !

— Quand ?

— Ce soir même.

— Ça tombe bien : je suis libre.

Il faisait nuit quand ils s'installèrent dans la petite pièce. Mansour Abarro ferma les yeux. À sa droite, il sentait la chaleur du corps menu qui semblait palpiter comme un petit oiseau craintif – ce même corps qui semblait n'avoir aucune consistance quand François lui avait présenté l'écuelle. Sur sa gauche, les deux Français, côte à côte sur le *seddari*, les regardaient, lui et la vieille femme, en plissant parfois les yeux, avec un air où se mélangeaient l'étonnement, la suspicion et surtout une sorte de fascination craintive.

Le muezzin fit entendre la prière de l'*isha'*. Au moment où sa voix s'estompait, Mansour se leva. Il avait l'air troublé.

— Eh bien, qu'est-ce qu'elle a dit ?

— *Waw !* C'est une histoire... comment dit-on ? *Pleine de bruit et de fureur.* Et encore n'était-ce que le début.

— Le début ?

Mansour se passa la main sur les yeux, puis esquissa un bâillement.

— Écoutez, là, je suis épuisé. Je vais aller dormir. Mais si vous le voulez, je reviens demain pour la suite.

François et Cécile, pris au dépourvu, ne surent que répondre. La porte de la maison se referma doucement. Ils la quittèrent à leur tour et retournèrent à l'hôtel.

La scène se répéta plusieurs fois au cours de la semaine qui suivit. Ils se retrouvaient tous dans la pièce du fond et passaient quelques heures dans un silence à peine troublé par la rumeur vespérale de la ville. Mansour avait l'air extrêmement concentré, François et Cécile finissaient par s'assoupir sur le *seddari*. À chaque fois, Mansour se levait après l'appel à la prière et remettait l'explication au lendemain.

(— Il nous fait le coup de Schéhérazade.

— Tu voulais *Les Mille et Une Nuits*, tu les as.

— Moi ? Mais c'est toi qui voulais acheter un *riad* à Marrakech !)

Un matin, alors qu'ils se promenaient dans l'Hivernage, se demandant s'il fallait raconter ce qui leur arrivait à leurs amis de France, ils tombèrent sur Mansour qui marchait à grandes enjambées vers la médina, un cartable à la main.

— Ah, voici notre conteur qui ne conte pas ! ricana François.

— Et qui ne s'en laisse pas conter, répliqua Mansour avec le sourire.

— On arrête la plaisanterie ? Quel est le fin mot de l'histoire ?

Mansour se tourna vers Cécile.

— Vous avez un mari qui ne sait pas donner du temps au temps.

— Oh, vous savez, répliqua-t-elle, moi aussi j'ai hâte de comprendre quelque chose à cette énigme.

— Ça tombe bien, dit Mansour. J'ai fini par reconstituer toute l'histoire. Enfin, une bonne partie. Nous n'avons plus besoin de nos séances nocturnes.

— Dites, dites. Nous sommes tout ouïe.

— Comme ça ? Sur le trottoir ? Ça manque de… comment dire ? De *dignité*. D'ailleurs, j'ai décidé qu'il était plus simple d'écrire l'histoire de Tayeb.

— Tayeb ? Ah oui, le fameux fils…

Mansour tapota son cartable.

— J'ai des loisirs en ce moment, les étudiants sont en grève. Chaque soir, rentré chez moi, j'ai noté ce que m'avait raconté la vieille dame. Et puis…

Il sourit, un peu embarrassé.

— Vous savez, j'ai toujours rêvé de devenir écrivain. Je m'amuse de temps en temps à écrire des petites histoires, des nouvelles… des « choses vues », comme disait l'autre. Parfois des poèmes… Mais je n'ai jamais pu écrire toute une histoire, avec un début, un développement, des personnages, une fin… Et là, c'est fantastique ! J'ai ce qu'il faut. Ce que Massouda m'a raconté est… euh, à la fois poignant et… *exemplaire*, ou plutôt *emblématique*. Ah, je ne sais pas trop quel adjectif utiliser. Ça fait bizarre de… En tout cas, avec un arrière-plan historique – et ça, je sais faire, c'est mon métier ! – ça fera quelque chose de fort. Un roman…

François le coupa.

— Si je comprends bien, monsieur Abarro, nous sommes dans la panade, nous nageons dans une mer de mystères déconcertants, mais tout va bien, du moment que *vous* allez en tirer le grand roman marocain ? J'espère qu'il y aura au moins des remerciements pour notre participation bien involontaire à ce rébus.

Mansour prit un air contrit.

— Je ne le voyais pas comme ça… Mais c'est aussi pour vous que je fais cela.

— Comment ça ? demanda Cécile.

— Quand vous aurez lu mon roman, vous comprendrez beaucoup de choses.

Et il s'en alla. François le héla.

— Et vous l'aurez fini quand, votre, euh… ?

Mansour se retourna :

— Dans une semaine. Je travaille jour et nuit.

Il tint parole. À la fin de la semaine, il se présenta à l'hôtel au moment où les deux Français prenaient leur petit déjeuner. Il s'installa sans façon à leur table, avala quelques raisins blancs, puis tira de son cartable une petite centaine de feuilles reliées par une spirale. Sur la première page s'étalait en grosses lettres le titre : *Histoire de Tayeb*.

— Voici mon manuscrit !

François et Cécile regardèrent l'objet avec méfiance.

— Allez-y, prenez et lisez ! C'est votre exemplaire, j'en ai un double chez moi. Par contre, je n'en ai qu'un pour vous : ne vous disputez pas pour savoir qui sera le *prem's*. Ou bien l'un de vous pourrait

faire la lecture à l'autre, comme le font les couples…
comment dit-on ? Fusionnels ?

— Monsieur Abarro, je suis touché de l'intérêt
que vous prenez au mode de fonctionnement de notre
couple.

Mansour se leva.

— Bonne lecture ! Et n'oubliez pas de me dire ce
que vous en pensez !

Deuxième partie

Histoire de Tayeb

1.

Au début du siècle dernier, vers l'an 1900, le *hadj* Fatmi arriva de Fès avec femme, enfants, esclaves et serviteurs, et acheta un *riad* à Marrakech, dans la rue du Hammam. Après quelques mois de préparation, quand toute sa maisonnée eut pris ses aises dans sa nouvelle demeure, il alla, seul, passer une année à Agadir, dans le sud du Maroc, pour y tenter une aventure inédite. Il avait eu l'idée, géniale ou saugrenue, d'établir une série d'entrepôts entre Fès et N'Dar, une ville lointaine que les Français nommaient Saint-Louis-du-Sénégal, des entrepôts qui assureraient un flux de marchandises entre le pays des Noirs et le pays des Maures, pour son plus grand profit. Peut-être pourrait-il même se lancer dans l'exportation vers l'Europe (« le Dehors », disait-on) en passant par le port de Tanger, dans le Nord.

Le *hadj* Fatmi, il faut l'imaginer grave, un peu lent, le visage sévère et pourtant mélancolique. Il n'était pas grand, mais il en imposait. Il portait la barbe, bien sûr, une barbe de notable ou de lettré, bien fournie et soigneusement taillée. Il n'avait pas encore la trentaine, mais on le croyait plus âgé. Ses yeux sombres et calmes avaient quelque chose de la nuit. Ils se posaient sur la personne avec laquelle il parlait et ne s'en écartaient plus.

Pourquoi ce notable fassi, installé depuis peu à Marrakech, était-il allé s'établir en pays berbère en toute confiance ? Le jeune *hadj*, qui avait fait le pèlerinage avec son père, avait retenu une anecdote que lui avait racontée celui-ci : après bien des tribulations, et à l'issue d'une entrevue qu'il eut en 1822 avec des notables berbères farouchement opposés à sa politique, Moulay Slimane – l'un des Sultans les plus cultivés de la dynastie alaouite – se rendit à l'évidence : les Berbères n'étaient pas ces sauvages que sa propre administration lui dépeignaient. Comprenant que c'était en fait ses hommes à lui qui entretenaient le désordre et l'insécurité par leurs abus, il se persuada du même coup de la solidité de la coutume berbère. Il se fit donc un devoir d'éclairer l'opinion publique par le truchement d'une lettre officielle. S'y adressant aux habitants de Fès, la capitale de l'époque, Moulay Slimane déclare : « Habitants de Fès, ma foi en Dieu me fait obligation de vous donner ce conseil : faites-vous les alliés des Berbères, si vous voulez la paix et la sécurité. Ils ont des traditions et un sens de l'honneur qui les prémunissent contre l'injustice. »

Et il avait ajouté cette phrase candide :

« Au surplus, ils vivent dans la sobriété... »

Excellentes raisons pour aller faire du commerce avec les Soussis, ces Berbères du Sud.

Les marchandises étaient encore imaginaires au moment où Fatmi arriva dans la capitale du Sous. Il s'agissait d'abord de chercher une bâtisse convenable, de la transformer en entrepôt ; puis il fallait trouver des associés, embaucher des commis, jalonner des itinéraires...

Le *hadj*, tout à ses affaires, ne fut pas long à être affligé d'une sorte de tristesse qui lui faisait pousser plus de soupirs que la piété ne le requiert. Il s'inquiéta de ce qu'il lui semblait maigrir à vue d'œil. Il lui arrivait de se tâter avec effroi l'estomac : il diminuait, c'était tangible. Ayant pris pension dans une espèce d'auberge où ne passaient que des pèlerins efflanqués et ne demeuraient que les chats, il était nourri chichement – mais il était nourri. En comparaison avec ce que Lalla Ghita, sa femme restée à Marrakech, lui faisait servir, c'était l'indigence. Et puis, les jours s'allongeant, le temps lui semblait de plus en plus long. Le soir, après dîner, il s'asseyait sur le seuil de la pension et regardait avec écœurement les chats qui le considéraient avec méfiance. Parfois, un de ses confrères passait dans la rue et s'étonnait de le voir là, en conclave avec des félins mutiques. Les deux hommes se saluaient par une volée de bénédictions et de compliments, mais le *hadj* sentait bien qu'on le méprisait un peu de vivre comme un sans-famille.

Un jour, alors qu'il passait devant une petite échoppe, il en vit sortir une jeune fille enveloppée dans un *haïk*. Quelque chose en lui remua. Il entra dans la boutique et lia connaissance avec son propriétaire. L'ombre sous le *haïk* revint. Il s'avéra que c'était la fille du boutiquier, elle était nubile et ne disait mot, les yeux baissés. Fatmi revint plusieurs fois faire quelques emplettes, sans grande nécessité, chez le petit commerçant, qui n'était pas dupe. Les deux hommes prenaient le temps de parler du temps, des affaires de ce monde et de l'au-delà. Ils furent d'accord sur ce que le *hadj* ne pouvait décemment mener la vie d'un homme sans feu ni lieu. Il épousa donc la fille du petit commerçant – on se contenta de lire la *fatiha*, la première sourate du Coran, et tout fut dit. Il s'installa avec elle dans une petite maison.

Au bout de quelques mois, ayant dilapidé une bonne partie de son capital, le *hadj* s'aperçut que son aventure ne menait à rien. Agadir n'était pas l'endroit idéal pour installer un comptoir – bien que son nom signifiât quelque chose comme « entrepôt à grain » dans le dialecte local. Déçu par son entreprise, ayant décidé de rentrer définitivement à Marrakech, Fatmi se trouva confronté à un dilemme. Il pouvait, bien sûr, revenir avec sa jeune épouse berbère trottinant derrière lui. Après tout, comme les hommes d'ici le répètent souvent : « La *chari'a* nous en permet quatre ! » Mais il ne voulait pas encourir les foudres de Lalla Ghita, qui était fille de grande famille et qu'il aimait beaucoup. Elle avait fermé les yeux sur ce mariage lointain, dont elle avait entendu la rumeur, mais il n'était pas question d'introduire une rivale sous son toit.

Que faire ?

Il pouvait chasser la jeune femme, qui ne lui avait pas donné d'enfant, et s'en aller. Mais Fatmi, qui avait bon cœur, répugnait à une mesure si radicale. Il alla donc voir son beau-père, et lui offrit une certaine somme d'argent s'il consentait à reprendre sa fille sous son toit. Tout serait fait selon les règles. Le petit commerçant savait bien, lui aussi, que le *hadj* Fatmi pouvait d'un seul mot répudier sa femme et prendre le large. Il comprit sans peine que son gendre lui faisait une proposition qu'il n'avait pas les moyens de refuser et que, d'une certaine façon, il était l'obligé de cet homme qui semblait solliciter une faveur. Ravalant sa fierté naturelle de Soussi, il leva les yeux au ciel et soupira :

— *Ma cha' Allah !*

Les deux hommes, s'étant ainsi déchargés sur Dieu de leur responsabilité, restèrent un instant silencieux. Puis Hadj Fatmi se leva et prit congé, en laissant une bourse bien garnie sur la petite table où le thé refroidissait.

Le soir même, la jeune femme revint sous le toit de son père, accompagnée jusqu'à la porte de la maison par celui qui n'était plus son époux. Il s'éclipsa dès que la porte se fut ouverte dans un grincement sinistre. Le père s'écarta pour laisser entrer sa fille, puis il referma avec soin. Ils n'avaient pas échangé une parole. On avait entre-temps ajouté un matelas dans la petite chambre où dormait toute la fratrie. La vie reprit comme si l'épisode de l'homme venu de Marrakech avait été un songe.

2.

Rentré à Marrakech, le *hadj* Fatmi reprit ses voyages incessants entre la cité du Glaoui et sa ville natale de Fès. S'il était absorbé par ses affaires, il n'en était pas moins sensible au cours de l'Histoire. Les événements se précipitaient.

Étant cousin du ministre des Dépenses de l'Empire chérifien, il l'accompagna, sur ses instances pressantes, à la conférence d'Algésiras qui se déroula en l'an 1906 de l'ère chrétienne. Il ne participait pas aux réunions elles-mêmes, qui se tenaient à l'hôtel Reina Cristina, sur les hauteurs de la ville. Étant libre pendant ces longues heures, il avait pris l'habitude de se rendre dans un parc avoisinant planté d'acacias et d'écrire de longues lettres à ses hommes de confiance, ceux qui faisaient fructifier ses affaires en son absence ; mais il était de tous les conciliabules de la délégation chérifienne. Ces messieurs gravissaient parfois à petits pas l'une des collines qui surplombent Algésiras. De là, ils pouvaient voir, à l'horizon, la masse sombre de l'Afrique, à la fois proche et lointaine, qui semblait être une forteresse inexpugnable. Quand la brume envahissait le détroit, ce n'était plus qu'une ligne de crête déchiquetée qui marquait au loin la présence d'un autre continent. Le leur.

— Eh bien, Si Ahmed ?
— Eh bien, Si Mohammed ?

Fatmi tend l'oreille. Les représentants du Maroc se taisent, le cœur lourd. L'avenir ne présage rien de bon. Hier, le représentant belge – ou était-ce le polonais ? – leur a fait remarquer, en tirant quelques bouffées de son cigare et en désignant au loin une pauvre embarcation que battaient cruellement les flots, qu'ils étaient, eux les Marocains, les seuls Africains « à mener eux-mêmes leur barque ». Il riait, content de sa trouvaille. Cette image leur est restée dans la mémoire. Était-ce un compliment ? Une menace ?

En tout cas, c'est exact. En ce début de siècle, leur pays, où règne Moulay Abdelaziz, est l'un des rares d'Afrique à être indépendants, à ne pas être sous la coupe de Londres, de Paris, de Berlin ou d'Istanbul. Mais chacun sait que la fin est proche. Depuis plusieurs années, tout va de mal en pis.

Lorsque Moulay al-Hassan, le dernier des grands Sultans féodaux, est mort en 1894, le vizir Ba Ahmed a fait introniser Moulay Abdelaziz, qui n'avait que quatorze ans et qui, d'ailleurs, n'était pas l'aîné. Lorsque Ba Ahmed est mort en 1900, le jeune Sultan s'est emparé des biens du grand vizir – c'est l'usage – et s'est lancé dans des dépenses effrénées. Alléchés, les marchands étrangers sont accourus. On a vu alors des scènes étonnantes dans les palais ancestraux des Alaouites : le Sultan fait du vélo dans les cours intérieures, il se passionne pour la photographie, il acquiert des automobiles, les premières du pays. Les caisses se vident. Qu'importe ! On empruntera, on lèvera de nouveaux impôts, on refusera d'honorer les dettes… Le *makhzen*, c'est moi !

La sécheresse ravage périodiquement le pays, les soldats désertent et rejoignent leurs tribus quand ils ne se lancent pas dans le banditisme, l'insécurité croît.

— Eh bien, Si Ahmed ?
— Eh bien, Si Mohammed ?
— Qu'est devenu le brigand Untel ?
— On l'a mis en cage…

Le Maroc se désintègre. Le Maroc ? Ce n'est plus qu'un « grand bluff » selon le correspondant du *Times* de Londres.

Et puis, il y a les Puissances, les étrangers, qui piaffent d'impatience aux frontières qui n'en sont pas vraiment ; sur les *confins*, comme dit la chronique.

Au nom de quoi des hommes s'arrogent-ils le droit de pénétrer un territoire qui n'est pas le leur ? C'est ce que pensent peut-être les membres de la délégation chérifienne regardant la ligne grise du Rif. Leur pays est devenu un *fondouk* où l'on entre sans gêne. Le 31 mars de l'année précédente, le Kaiser Guillaume II a débarqué à Tanger pour « soutenir les droits du Sultan ». Auparavant, Roosevelt avait envoyé une escadre dans le port de Tanger. Il est vrai que c'était pour une autre raison : le consul américain Perdicaris et son gendre avaient été enlevés par le fameux Raïssouni – chérif idrisside et brigand – qui réclamait une rançon de soixante-dix mille livres sterling et…

sa nomination au poste de gouverneur des tribus du Nord-Ouest.

Le soir tombe. Il est temps de rentrer à l'hôtel Reina Cristina, pour le dîner.

Le *hadj* Fatmi se contente d'une soupe légère.

La conférence d'Algésiras ne fut qu'un moment du troc planétaire qui se mettait en place depuis des années.

Bon appétit, messieurs !

La France ayant compris que la conquête du Maroc ne pouvait être imposée aux Puissances, il s'agit de *troquer*. L'Allemagne obtiendra une partie du domaine congolais de la France en 1911. L'Angleterre a les mains libres en Égypte depuis l'accord franco-anglais de 1904, l'Italie en Tripolitaine depuis 1902. *Les mains libres...* C'est la formule consacrée. Elle fait penser à un partage de butin.

Fatmi a un éblouissement, il s'agrippe à la table sur laquelle son assiette de soupe refroidit. De façon absurde, un verset du Coran lui revient en tête.

« Ils t'interrogent sur les dépouilles. Dis : Elles reviennent à Dieu et au Messager. »

C'est la sourate dite « Le butin » ou « Les dépouilles ». Le Prophète aurait-il pu concevoir qu'un pays musulman allait devenir un jour dépouilles et butin ?

La France reçoit le Maroc, mais l'Angleterre y a mis une condition : le nord du pays reviendra à l'Espagne. Et Londres jouira de quelques privilèges dans l'Empire chérifien.

Tanger reste ville internationale, en attendant qu'on se mette d'accord sur sa destination. Les dépouilles...

La Banque du Maroc passe sous le contrôle de la Banque de Paris et des Pays-Bas. L'argent, toujours l'argent… C'est comme cela qu'ils ont mis à genoux l'empire fondé par Idris, mille ans plus tôt.

Au nom de quoi des hommes s'arrogent-ils le droit de pénétrer un territoire qui n'est pas le leur ?

3.

En cette année 1912, le *hadj* a quarante-deux ans, c'est un homme dans la force de l'âge, enraciné dans sa ville d'adoption, solidement installé dans sa vie bien réglée.

Tout cela n'est qu'illusion, qu'apparence. L'Histoire va balayer ces étais et ces poutres comme fétus de paille.

Ce jour-là, le *hadj* Fatmi sort de son antique *riad*, ferme la porte à double tour – les femmes et les enfants resteront cloîtrés jusqu'à son retour – et se dirige vers le souk à petits pas bien mesurés. En chemin, il médite, à peine sensible aux signes de respect que lui adressent les hommes qu'il croise ou les boutiquiers qui le voient passer du fond de leur échoppe. Parfois, il récite à voix basse quelques versets du Livre saint. Après tout, il descend d'une longue lignée de lettrés, il est membre d'une confrérie religieuse qui se réunit régulièrement pour des séances de *dhikr*. Le soir, dans la petite chambre du fond, qui lui sert d'étude, il compulse des corans vénérables. Marchand et lettré, il n'y a là rien de contradictoire. Le Prophète n'a-t-il pas dit : « *Le marchand sincère et de confiance sera parmi les prophètes, les justes et les martyrs »* ?

C'est une profession honorée par l'islam dont elle assure l'expansion par ses entreprises en pays infidèle, en Afrique notamment.

La pression des chrétiens aux frontières du pays inquiète le *hadj*, mais plus encore, elle le plonge dans une profonde perplexité. Depuis la conférence d'Algésiras, depuis son séjour mélancolique au Reina Cristina, les questions ne cessent de le tourmenter. Ne sommes-nous pas en *dar el-islam*, maison d'islam, terre pacifiée ? Ce sont donc les contrées d'où viennent ces infidèles, l'Espagne, la France, l'Angleterre, ce sont ces pays-là qui sont *dar el-harb*, orbe de guerre, terres à conquérir et peuples à convertir. Ce sont nos cavaliers, dressés sur leurs éperons, le sabre brandi au-dessus de la tête, qui devraient être en train de galoper en direction de leurs campements ou de leurs forteresses, irrésistibles, invulnérables, invincibles.

Le rythme envoûtant de la 100ᵉ sourate résonne dans sa tête. Ses lèvres tremblent, forment les mots... *Oua-l- 'aadiyaati dhabha...*

> *Les coursiers haletants*
> *Font jaillir des étincelles*
> *Sous les coups de leurs fers,*
> *Soulèvent des nuages de poussière,*
> *Surprennent l'ennemi à l'aube,*
> *Fondent sur lui...*

Mais non ! Aujourd'hui ce sont *leurs* coursiers qui

piaffent autour de nos campements, ce sont eux qui bientôt fondront sur nous.

C'est le monde à l'envers.

Ce sont peut-être *les signes de l'heure*.

L'Apocalypse est proche.

Le *hadj* Fatmi pense à ses enfants, Mohammed, venu au monde au tournant du siècle, Aïcha et le petit dernier, Aziz, qui a vu le jour il y a quelques mois. Que sera leur destin, quelle vie sera la leur, dans ce temps de grande incertitude ?

Et puis, il y a Tayeb... Un jour, un messager était arrivé dans la rue du Hammam, à dos de mule, portant dans un couffin un bébé enveloppé dans des couvertures. Lorsque Fatmi était venu à la porte, intrigué, quelques phrases du messager avaient suffi : le bébé était son fils, son épouse berbère d'Agadir, que personne ne savait enceinte au moment de la répudiation, était morte en couches et le père de celle-ci avait jugé qu'il valait mieux envoyer l'enfant, après quelques mois en nourrice, à son riche géniteur. Au moins aurait-il chez lui une vie aisée. Ghita, l'épouse de Fatmi, s'était réjouie de ce don du Ciel et avait élevé Tayeb comme son fils. C'était elle qui lui avait donné son prénom.

Pauvre *hadj* Fatmi ! S'il savait... Massouda, la petite esclave noire qu'il regarde parfois avec une affection amusée et que, le plus souvent, il ne voit pas, absorbé par ses soucis, la petite esclave qui voit l'avenir – mais ça, personne ne le sait –, elle aurait pu lui souffler à l'oreille qu'il n'a pas à se soucier pour Mohammed, qui prolongera la lignée avec deux jumeaux, tous deux vigoureux et promis à ce que les mortels appellent un bel avenir – mais ceux qui flottent dans l'avenir éternel savent que cela ne veut pas dire grand-chose –, et que les enfants des jumeaux formeront le visage de ce pays, à la fin de ce siècle, un visage si familier et si différent à la fois que Hadj Fatmi en serait saisi d'étonnement. Elle pourrait lui dire qu'il n'a pas non plus à s'inquiéter pour la petite Aïcha, qui vivra sa vie de femme, mariée tôt, régnant sur sa petite maisonnée et qui rendra l'âme sereine, dans la certitude qu'il n'y a pas d'autre existence possible que celle-là. Hélas, elle aurait dû aussi lui révéler que le beau Aziz allait succomber à un mal qui fit des ravages pendant des siècles, *qui répandait la terreur* et que les Marocains ne savaient combattre que par un redoublement de piété.

Et surtout, comment aurait-elle pu, sans que sa voix frémisse, lui parler de Tayeb, son préféré, le fils de la Berbère, mais aussi de l'Arabe fassie et d'elle-même, l'Africaine – Tayeb-aux-trois-mères qui sera ballotté par ce siècle de violence, Tayeb auquel elle sera liée par un serment qui l'empêchera de quitter le monde des apparences… Elle n'aurait pu continuer, les larmes lui auraient brouillé la vue. La petite esclave pleure souvent, en silence, en secret. L'âme universelle, qui lui révèle par bribes ce qui sera, lui met souvent du vague à l'âme, tant sont tristes les tribulations de l'homme.

Elle aurait pu souffler au moins une partie de tout cela à l'oreille de son maître. C'eût été peine perdue. Il ne l'aurait pas laissée finir, il aurait grommelé quelques mots, *pressentiment* ou *mauvais rêve*, et, s'ébrouant, aurait prononcé à voix haute l'invocation rituelle :

— *Il'an a-chaytan !* Maudit soit le diable !

Alors elle se tait. Que l'inexorable s'accomplisse. *Mektoub !*

Son maître, elle l'aime autant qu'elle le craint. Ce sentiment mêlé, c'est aussi celui qu'inspire le Sultan à ses sujets, cela s'appelle *hiba*, c'est la plus forte des imprégnations mentales de ce pays.

Parfois, quand il est de bonne humeur, le *hadj* Fatmi s'écrie :

— Mon enfant, demain, dès l'aube, viens au chevet de mon lit. Reste debout et ne dis mot ! Il faut que tu sois la première chose que je verrai quand j'ouvrirai les yeux. Une journée qui commence par la contemplation de ta gentille frimousse ne saurait être perdue.

La maîtresse de Massouda, Lalla Ghita, sourit de cette plaisanterie convenue. Si la petite esclave est à portée de ses doigts, Lalla Ghita lance la main et la pince très fort, pour qu'elle n'oublie pas quel est son rang. La jeune femme baisse la tête, terriblement flattée, même si, en même temps, la douleur lui met les larmes aux yeux. Lalla Ghita fait semblant de gronder son mari.

— Voyons, El Hadj, Massouda est noire comme une olive, comment pourrait-elle illuminer ton jour ?

Et il répond invariablement :

— Elle est noire, mais son cœur est d'or et son âme est pure.

Ce jour-là, il est donc sorti de son antique maison, a fermé la porte et maintenant il marche en direction du souk.

Un sentiment de malaise s'empare peu à peu de lui.

Ce jour-ci est différent de tous les autres, il le sent, mais il ignore pourquoi. Bien sûr, il sait que le pays est en proie à de graves difficultés, il sait que l'anarchie menace, que des tribus rebelles campent autour de Fès, que la France et l'Espagne se font chaque jour plus menaçantes. Mais Marrakech est inviolable, c'est une ville mystique placée sous la protection de Dieu.

L'agitation du souk est inhabituelle. C'est comme si les hommes, requis par une querelle plus importante que leurs transactions quotidiennes, s'étaient fondus en un seul corps pris de fièvre.

Au détour d'une ruelle, il *les* voit. Il s'arrête, pétrifié.

Ce sont quelques hommes vêtus d'un uniforme, ils ont le teint pâle et le regard bleu et conquérant. Ce sont des Français, des chrétiens. Des chrétiens en terre d'islam ! Bien sûr, il fallait s'y attendre depuis Algésiras. Mais les voir dans *sa* ville !

Le *hadj* est cloué au sol. Doit-il avancer ? Doit-il reculer ? Il cligne les yeux, murmure machinalement quelques versets du Coran, mais ne bouge pas. Des cavaliers apparaissent au coin de la ruelle, qui semblent se gêner mutuellement tant l'espace est mesuré. Ils se dirigent vers lui à petite allure.

— Orsini, qu'est-ce que c'est que ce vieux kroumir au milieu de la rue ? Vous parlez leur langue, non ? Faites-le déguerpir !

Le dénommé Orsini crie :

— *Balek ! Balek !*

Le *hadj* Fatmi ne bouge pas.

— *Balek ! Balek !*

Les cavaliers sont maintenant à sa hauteur. Ils essaient de le contourner, mais la ruelle est trop étroite.

Le poitrail du cheval que monte le dénommé Orsini le heurte à l'épaule et le déséquilibre. Le *hadj* Fatmi tente de se raccrocher à quelque chose, mais ses mains agrippent le vide et il s'effondre dans la poussière, sans grâce, comme un sac de son chu d'une carriole. Au-dessus de lui, il aperçoit des jarrets et des sabots qui l'évitent tant bien que mal et parfois l'atteignent. Une estafilade apparaît sur sa pommette droite, quelques gouttelettes de sang en sourdent. Il croit entendre des éclats de rire qui sonnent étrangement, comme s'ils étaient déformés par l'allongement incongru du temps, par la déformation de l'espace – c'est peut-être parce qu'ils sont en mouvement et qu'il gît, lui, sur le sol. L'instant d'après, la petite troupe a disparu.

L'homme reste étendu quelques instants au milieu de la ruelle. Son cœur bat à tout rompre, sa respiration est saccadée, un filet de sueur court le long de son dos. Puis il se relève, raide comme un automate, les yeux écarquillés, et revient vers son *riad*, d'un pas mécanique. Il n'a rien acheté, il a même oublié pourquoi il est sorti. Il rentre les mains vides, mais il ne s'en rend pas compte tant est grande sa détresse. Une larme perle au bord de son œil gauche.

— Ferme la porte derrière moi, ordonne-t-il à Massouda d'une voix rauque.

Il traverse la petite cour, sans voir le bigaradier, et entre dans la petite pièce du fond. Il passera la journée assis sur son tapis de prière, le corps immobile, comme rigide. Il renverra d'un geste les plats que lui apportera Massouda envoyée par Lalla Ghita. Vers la fin de l'après-midi, il se vêtira entièrement de blanc, en signe de deuil. Le sang macule encore sa pommette, mais il ne l'essuie pas : qu'il reste témoignage du blasphème. Ses doigts glissent sur les grains de son chapelet. Il murmure :

— *Ya latif ! Ya latif !*

À Tayeb qui est apparu, craintif, dans l'entrebâillement de la porte, il ordonne de lui tendre un des corans qui ornent l'étagère. Tayeb lui tend le livre sacré et s'éclipse. Le père appuie ses lèvres contre la couverture du livre, le porte à son front, puis le repose sur le tapis. Il ferme les yeux et s'abîme en prière. Toute la maison s'est tue.

Le *hadj* Fatmi murmure quelques mots d'une voix tremblante. Seule Massouda, invisible dans un recoin de la pièce, les entend, le cœur pétrifié.

Ouqsimou yamînan'... Je jure...

Il vient de faire un serment solennel à Dieu, un serment dont il est impossible de se délier : il ne sortira plus de sa demeure tant que les mécréants occuperont les rues de sa ville, les terres de son pays.

Au moins, il est sûr que leurs pieds ne souilleront jamais son *riad* lui-même.

Il sait que ce sont les terres qui les intéressent, pas les maisons.

Nous sommes en 1912.

Le *hadj* Fatmi a tenu parole. Il est mort l'année où ses petits-fils ont vu le jour. Il n'eut pas le temps de les connaître, de les voir grandir, de leur apprendre les versets du Coran. Le reste de sa vie s'est consumé en prières, en silences hébétés interrompus par de violentes diatribes lorsqu'il discute des événements avec un visiteur. À ses fils, il n'a plus parlé dès qu'ils ont eu l'âge de raison, ils ont fait ce qu'ils voulaient. À

Tayeb, qui insistait un jour pour obtenir de son père un conseil, il répondit :

— Notre génération n'a pas su défendre ce que nos ancêtres ont conquis, bâti ou préservé. Nous n'avons plus rien à dire.

4.

Tayeb se leva à l'aube, sortit du *riad* sans réveiller personne et harnacha une mule. Il n'avait pu fermer l'œil de la nuit. La veille, un de ses lointains cousins, rencontré au souk, lui avait parlé de terres qui appartenaient à leur famille mais sur lesquelles des chrétiens allaient s'installer. Il lui avait indiqué très précisément où se trouvaient ces terres.

Le jeune garçon chemina dans l'aube naissante pendant une bonne demi-heure. Puis il attacha sa mule près d'un arbuste et fit le reste du chemin à pied.

La première chose qu'il vit, ce fut une clôture. Il ne se souvenait pas d'avoir jamais vu pareille chose. Des piquets fichés en terre, à distances régulières, le long desquels couraient trois lignes parallèles de fils de fer. Étonné, inquiet, il passa la main sur la plus haute des lignes. Le contact était froid et déplaisant. *Étranger, pour tout dire.* Il entendit un chien aboyer, au loin.

Il marcha le long de la clôture pendant quelques minutes. Puis il s'agenouilla, passa la main sous le fil de fer et toucha du bout des doigts la terre. S'enhardissant, il forma de ses doigts un cône à peu près rigide, l'enfonça dans le sol et ramena, de son côté de la clôture, une petite motte de terre. Il la huma, la malaxa un peu et puis l'effrita à ses pieds.

De grosses larmes se mirent à couler sur ses joues. Tayeb n'avait plus pleuré depuis sa petite enfance. Il eut honte de ses larmes. Son chagrin se transforma en rage muette.

Il retrouva sa mule près de l'arbuste. Il la monta de nouveau et prit le chemin du retour, pensif, accablé.

Le soleil levant commençait à réchauffer la terre.

Cette terre qui n'appartenait plus à sa famille.

5.

Assise dans un coin de la pièce, les yeux baissés, attentive à ne pas se faire remarquer, Massouda retient son souffle. Les deux hommes qui sont entrés alors qu'elle nettoyait un petit pan de mur jaune ne semblent pas l'avoir vue – ce sera ainsi toute sa vie, elle gardera cette faculté d'apparaître et de disparaître comme un *djinn*, on la regardera sans la voir ou alors on croira la voir alors qu'elle n'est plus là. Le *hadj* Fatmi et son voisin, Si Debbagh, sont en pleine discussion. Debbagh a toujours montré beaucoup de respect pour le maître de Massouda, plus riche et plus âgé que lui, mais aujourd'hui, il lui parle d'égal à égal.

Le *hadj* Fatmi, qui semble être sorti de sa torpeur, prêche la résistance. Dès la signature du traité de protectorat, des foyers d'insurrection sont apparus dans le pays. En avril, Fès se soulève. L'insurrection s'étend à toute la région. Dans le sud du pays, Ahmed El Hiba, fils du grand chef saharien Ma El Aïnine, fédère plusieurs tribus. Mais au nord de Marrakech, à quelques kilomètres de ce *riad* où les deux hommes s'entretiennent, l'armée française dirigée par le général Mangin remporte une victoire éclatante sur les partisans de

El Hiba, qui se dispersent et se replient vers le Sous. On est en septembre 1912. Au cours des six premiers mois du Protectorat, les Français ont été surpris par l'ampleur de la réaction marocaine.

— Que croyaient-ils donc ? bougonne le *hadj* Fatmi. Nous prenaient-ils pour des brebis ? Nous résisterons et nous les renverrons chez eux.

Son ami Debbagh hausse les épaules.

— Et après ? Devons-nous retomber dans notre sommeil ?

L'autre sursaute, outré par le mot.

— Sommeil ? Nous vivons selon la loi de Dieu et nous conservons les traditions de nos ancêtres. Tu appelles ça dormir ?

— Les temps changent, nous ne bougeons pas.

— La loi de Dieu est immuable.

— Certes, mais le monde ne l'est pas. Ce n'est pas avec le seul Coran que nous défendrons notre honneur…

— Quel sacrilège !

— Ce n'est pas non plus avec les sabres de nos ancêtres que nous restaurerons la grandeur de notre pays. Il nous faut des routes, des ports, des fabriques.

— Qu'est-ce qui te fait croire que les chrétiens vont construire ici des routes, des ports et des fabriques ?

— Ils l'ont fait partout où ils se sont installés.

— Ah oui ? Et une fois qu'ils auront construit tout cela, il suffira de leur demander de s'en aller ? Et surtout, qu'ils laissent tout en place en partant…

Debbagh hoche la tête.

— Pourquoi pas ? On verra plus tard. Mais ce n'est pas cela le plus important. Le plus important, c'est que ça évolue ici.

Il se touche le front de l'index. L'autre le regarde sans paraître comprendre. Debbagh pousse un soupir.

— Je te le répète : le monde change. On ne peut plus le comprendre avec notre mentalité d'hier. Pour le comprendre, il faut mettre la main à la pâte. Il faut voir, chez nous, comment fonctionne un port moderne. Il faut que nous travaillions dans des usines, de nos propres mains. Il nous faut conduire nous-mêmes ces... comment appelle-t-on cela ? Ces *automobiles*.

— Mais pourquoi ? Nous avons vécu mille ans sans tout cela ! Pourquoi vouloir copier les chrétiens ?

Debbagh se penche vers lui en souriant.

— Tu oublies que ce sont eux qui nous ont copiés, il y a six siècles. Ce sont eux qui sont venus chercher la science là où elle était : chez nous, en Andalousie. Chez nous ! Ne possèdes-tu pas encore la clé de la maison de tes ancêtres, à Cordoue ? Ils ont copié notre savoir. C'est ce qui leur a permis d'avancer quand nous nous sommes assoupis. Et tu vois aujourd'hui le résultat : ils sont ici, à Marrakech, avec leurs armes modernes. Nous n'assiégeons pas Paris ou Madrid : ce sont eux qui nous assiègent. N'y a-t-il pas une leçon à en tirer ?

Tayeb vient d'entrer et s'assoit dans un coin. Debbagh lui sourit.

Le jeune garçon ne perdra rien du reste de la discussion.

Massouda s'éclipse sans qu'on la remarque.

6.

Tayeb sait lire et écrire l'arabe. Il apprend maintenant le français. Il lit ce qui lui tombe sous la main.
Il ne comprend pas tout, mais il saisit le sens général
de ce que ses yeux dévorent. Des bribes de phrases
subsistent dans sa mémoire, elles s'accolent à d'autres
bribes, à des noms de lieux, des patronymes, des sigles
commerciaux. Il ne perd aucune des discussions qui
se déroulent dans la chambre du fond, où il lui arrive
maintenant de s'endormir. C'est devenu *sa* chambre,
en quelque sorte.

Il y étudie, rêvasse... et se pose des questions.

Pourquoi les Français sont-ils au Maroc ?

Ont-ils mis pied à terre sur une île inhabitée ? Ont-
ils borné les ares vides du désert ? Se sont-ils installés
sur un territoire « où sont les lions », sur l'aire de
parcours d'une tribu nomade, sur une *terra nullius* ?

Lyautey : « Nous avons trouvé ici un État consti-
tué, avec son souverain, son gouvernement, ses ins-
titutions politiques, économiques et culturelles et sa
diplomatie. »

Pourquoi les Français sont-ils au Maroc ?

Clemenceau : « N'essayons pas de revêtir la violence

du nom hypocrite de civilisation. C'est la négation du droit. » Jaurès tonne. Le colonialisme est « une affaire Dreyfus permanente ». La conquête du Maroc est « une opération d'un autre âge ».

Clemenceau, encore : « On commence par les missionnaires, on continue par les militaires, on finit par les banquiers ! » Sur ce point, le « Tigre » se trompe : pour ce qui est du Maroc, c'est par la banque qu'on a commencé. Plusieurs années avant cette belle harangue, le Sultan a été obligé de contracter un emprunt auprès de la banque Rothschild, gagé sur le produit des douanes, pour payer les cent millions de francs-or réclamés par l'Espagne comme indemnité de guerre. Une guerre qu'elle avait elle-même déclenchée, en 1859...

Pourquoi les Français sont-ils au Maroc ?

L'or. Le fer. Le cuivre. Le plomb. Le zinc. Le manganèse.

Pourquoi les Français sont-ils au Maroc ?

Il n'y a pas de réponse à cette question.

Il y a cent réponses, mille réponses, il y en a autant qu'il y a d'individus qui s'agitent, qui argumentent, qui raisonnent, qui confèrent, qui débattent, qui réclament, qui complotent de l'autre côté de la Méditerranée. Et de ce côté-ci de la mare, il y a autant de réponses qu'il y a de stupeur navrée ou d'abattement fataliste ou de curiosité pleine de rêves...

Les textes, eux, sont clairs. Quel est l'objectif du traité de Fès ?

« Les réformes. »

Qu'est-ce que cela veut dire ?

« Le développement économique du Maroc. »

Ça, on sait ce que cela veut dire. Alors, sous

l'impulsion de Lyautey, on construit des routes, des ports, des chemins de fer, des barrages... Les paysans qui, depuis des siècles, refont les mêmes gestes, prononcent les mêmes incantations pour arracher à la terre une maigre subsistance voient arriver de nouveaux voisins, les *colons*. Chaque mois, trois mille Français débarquent au Maroc. Des décennies plus tard, l'un d'eux jettera à la face de Tayeb cette phrase qui se voulait sans réplique :

— Qui a planté les orangers, dans ce pays ?

Et encore :

— Sans nous, où en seriez-vous ?

Très rapidement, l'agriculture coloniale occupe une grande partie des terres fertiles. Les Européens y développent des cultures destinées à l'exportation. La hausse des prix agricoles mondiaux enrichit les colons. Le *fellah*, lui, ne produit pas grand-chose. Le berger ne peut plus conduire ses troupeaux là où il le voudrait. Des clôtures lui montrent qu'il est en étrange pays dans son pays lui-même.

Du côté de Khouribga, des engins modernes fouillent la terre et lui arrachent le phosphate qu'elle abrite depuis cent millions d'années. Pour organiser cela, les Français ont créé en 1920 l'Office chérifien des phosphates.

Chérifien.

Tous les dirigeants en sont français. Tous les ingénieurs sont français. Tous les contremaîtres... On note quelques exceptions chez les contremaîtres : certains sont espagnols.

Le développement économique se fait sur le littoral atlantique – près des ports – et sur les voies de communication qui mènent aux plaines fertiles et aux gisements miniers. C'est tout le pays qui semble basculer vers la côte atlantique. Le Maroc des Français, le Maroc moderne, est tourné vers le grand large. Il faut être absolument casablancais. Le petit *riad* de la rue du Hammam passe dans les oubliettes de l'Histoire.

Une nouvelle expression apparaît : « le Maroc utile ». Il s'agit des régions qui contiennent des richesses que des comptables compétents désignent sur les cartes et que des ingénieurs font rendre au sol ; richesses agricoles, hydrauliques, minières.

« Le Maroc utile. »

Les neiges éternelles sont inutiles. Le sable du désert est inutile.

Le ciel étoilé est inutile.

Les gros colons, les banquiers, les industriels mènent la danse. Ils regardent de haut les petits Blancs, commerçants, artisans, contremaîtres, débris d'Empire, souvent corses. Les petits Blancs, quant à eux, méprisent les indigènes. Qui n'ont que le sol sous eux. C'est la société coloniale.

Il y a sans doute des exceptions, mais elles ne comptent guère.

Les Français sont au Maroc. Le Maroc est aux Français.

Tayeb se demande où il est dans ces deux phrases dont il comprend mal la syntaxe. Quelle est sa place dans la géographie qui en résulte ?

7.

Tayeb se tient debout. Il vient prendre congé.

Le père est assis en tailleur sur son tapis de prière, dans la chambre du fond, les yeux dans le vague. Son pouce court sur les grains du chapelet qu'il tient à la main droite.

— Père, je vais aller dans le Nord, dans la montagne des Rifains, pour répondre à l'appel au *djihad*.

Le *hadj* ne répond pas. Il reste perdu dans son rêve ou dans sa prière.

Tayeb répète sa phrase. Lentement, le père lève la main et la tend à son fils qui se penche pour y appuyer les lèvres. Tayeb a la bénédiction de son géniteur. Une larme coule sur la joue du *hadj*. C'est la deuxième fois de sa vie adulte qu'il pleure. Il a pleuré le jour de son humiliation sous les sabots des chevaux des infidèles. Maintenant, c'est en regardant son fils. Qu'est-ce qui gonfle son cœur ? Est-ce l'appréhension ou la fierté ? La tristesse ou la joie ?

Tayeb quitte le petit *riad* un matin, à l'aube, sans rien dire à sa mère – à celle qu'il croit être sa mère. Le *hadj* saura lui expliquer, la consoler… Il se joint à des marchands qui se rendent à Fès en groupe, à dos de mulet. Il reste quelques jours dans l'antique maison de sa famille, où habitent ses cousins, puis prend le chemin du nord après s'être assuré, dans une mosquée de Fès, de contacts dans le Rif. Il arrive dans la montagne en 1921. Personne ne s'étonne de voir ce Fassi (ou est-il de Marrakech ?) se joindre aux rudes Rifains : tout cela se fait au nom du Prophète.

La bataille d'Anoual sera son baptême du feu. Il fait partie de l'un des groupes qui attaquent les avant-postes espagnols, ces écharnes insupportables plantées dans la chair blessée de la *oumma*. C'est la 27ᵉ nuit du Ramadan, la « nuit sacrée », quelques heures chaudes et lourdes qui décideront de tout. Des versets du Coran lui reviennent en mémoire alors qu'il regarde le ciel sombre où la lune n'est qu'un minuscule filet de lumière.

Nous l'avons révélé au cours de la nuit sacrée.
Comment te faire entendre ce qu'est la nuit sacrée ?
Elle vaut mieux que mille mois.
Les anges et l'Esprit descendent sur terre
Par ordre de leur Seigneur
Pour accomplir le destin.
Elle est paix et salut jusqu'au lever du jour.

On la nomme « la nuit du destin », c'est plutôt la nuit de la majesté divine. Finalement, raisonne Tayeb en serrant son fusil, c'est la même chose. L'homme qui est assis à côté de lui, un jeune Rifain qui parle un arabe châtié, sans doute appris à Fès, murmure :

— Mourir cette nuit-ci, en répondant à l'appel au *djihad*, c'est l'assurance d'aller au paradis de Dieu.

Tayeb hoche la tête, sans répondre. Il se méfie de

ces croyances qui semblent vouloir forcer la main du Seigneur. Qui peut savoir ce qu'il y a dans l'au-delà ? Lui, il est venu se battre ici, il a dit à son père qu'il allait au *djihad*, mais il serait quand même venu si les *fqih* n'avaient rien demandé. Il pense au *hadj* Fatmi, le séquestré volontaire. Il pense avec colère au jour où son père a été humilié. Même si le patriarche n'en a pas parlé à ses enfants, ceux-ci ont recueilli les confidences de Lalla Ghita, qui a soigné la blessure à la pommette du *hadj*, ils ont su ce qui s'était passé. Tayeb a « vu » son vénérable père s'effondrer dans la poussière et les chrétiens s'en aller au galop. Peut-être ont-ils ri, peut-être se sont-ils moqués de cet « indigène » si pataud ?

Qui sait si Lalla Ghita a dit toute la vérité, ou si son époux ne lui a pas épargné quelques détails ? Qui sait s'il n'y a pas eu des coups de cravache, des insultes… des crachats ?

Toutes ces figures de l'humiliation dansent dans la tête de Tayeb quand il ferme les yeux.

C'est pour ça qu'il est là.

La bataille d'Anoual a commencé, mais Tayeb ne le sait pas. Pour lui, il s'agit de faire le coup de feu, rien de plus. Il ignore que les avant-postes sont partout bousculés, les voies de communication de l'ennemi coupées, leurs courriers interceptés. Quand les Espagnols se risquent à envoyer des patrouilles, elles ne reviennent pas. Vingt-six mille Espagnols sont assiégés par mille cinq cents Rifains, qui ne se savent pas si peu nombreux. Sylvestre panique. Il hisse le drapeau blanc, lui, le fier *hidalgo*, lui qui affectait de mépriser ces montagnards frustes, à peine des hommes.

Abdelkrim lui envoie des hommes sans armes, pour parlementer.

Ils sont massacrés.

Abdelkrim blêmit quand on lui rapporte cette traîtrise incompréhensible des Espagnols. Il donne des ordres clairs : c'est la guerre à outrance. Pas de quartier.

Le lendemain, au petit matin, Tayeb a la surprise de voir surgir Abdelkrim lui-même dans le petit bivouac où il se tient avec ses compagnons. Il ne l'avait encore jamais vu. Il est un peu déçu. Quoi ? C'est lui, Abdelkrim, cet homme de petite taille, vêtu d'une djellaba couleur de hérisson, une cape noire jetée sur ses épaules ? Mais bientôt il est subjugué. Le chef rebelle parle net, sans s'encombrer de proclamations ronflantes. Il va droit au but : « Voilà ce que nous tentons de faire, voici votre rôle, vous devez attaquer à telle heure, de telle façon. » À ceux qui lui posent des questions, il répond sur un ton tranquille, en les regardant droit dans les yeux. Le tout n'a duré que quelques minutes, Abdelkrim et les hommes qui l'entourent sont déjà partis.

En début d'après-midi, conformément aux instructions d'Abdelkrim, le groupe de Tayeb passe à l'attaque. Le fils du *hadj* Fatmi rampe, invisible, vers le petit fortin où se terrent des Espagnols et des *regulares*. Du coin de l'œil, il voit ses compagnons progresser lentement vers le petit mur qui marque l'enceinte du camp. Quand tous les hommes sont arrivés sous le muret, ils font une pause, se consultant du regard. Puis, sur le geste de l'un d'entre eux, ils se dressent, franchissent l'obstacle et courent vers les Espagnols en hurlant. Tayeb crie lui aussi à gorge déployée, sans savoir pourquoi, pris dans l'excitation, la peur, la haine. Il ne se rend même pas compte qu'une balle a effleuré sa jambe gauche, au-dessus du genou. Il saigne mais il continue de courir. Les coups de feu crépitent, des hommes tombent, les autres se ruent de plus belle sur l'ennemi, c'est bientôt un corps à corps sanglant où les Rifains, agiles du poignard, vifs, enragés, ont rapidement le dessus. Toute la garnison est massacrée. Les ordres d'Abdelkrim sont simples : le groupe de Tayeb doit rester là, en surplomb d'un chemin qui mène vers Anoual. Ils ne doivent plus bouger. Leur rôle est de surveiller le chemin, de le barrer aux renforts éventuels que pourraient envoyer les Espagnols. Pour Tayeb, la bataille d'Anoual s'arrête là, dans ce petit fortin qui sent la poudre, la poussière et la mort.

Il apprendra plus tard que d'autres fortins sont tombés autour d'Anoual. Les pertes espagnoles sont élevées. Le général Sylvestre s'affole, réclame des renforts qui n'arriveront jamais, puis finit par donner le signal du repli. C'est la débandade. Les Espagnols tentent de fuir en direction de Melilla. Leur harnachement entravant leur course, ils jettent armes et munitions pour mieux courir, mais le Rifain court plus vite qu'eux : il connaît chaque vallon, chaque piste, chaque rocher.

Des *regulares* d'origine rifaine se retournent contre leurs chefs. La confusion règne. Partout la mort guette.

La montagne semble s'être mise en marche. Elle grouille d'hommes surgis d'on ne sait où et qui avancent sans répit, enivrés par l'odeur de la poudre, avides de pillage, hurlant d'excitation. Cette déferlante poussiéreuse emporte tout devant elle. Les Espagnols, rendus fous par la soif et la peur, sont pris dans la nasse. Ils tentent de négocier. Peine perdue. Ils se précipitent alors dans des ravins, dans des passages étroits où les attendent, embusqués, le poignard à la main, leurs ennemis dont le nombre et l'ardeur semblent décuplés.

Le général Sylvestre, après avoir remis à son ordonnance ses décorations et ses insignes d'aide de camp du Roi, fait le signe de la croix et se tire une balle dans la tête.

Les Rifains ont gagné la bataille d'Anoual.

Tayeb ne s'en rendra compte que quelques jours plus tard. Sa blessure à la jambe s'étant infectée, il a dû rapidement revenir à Fès, dans la maison ancestrale. Il a été reçu en héros, ses cousins lui ont montré des journaux, des proclamations affichées ici et là. Son oncle le serre dans ses bras.

À ce moment précis, à quelques centaines de kilomètres de là, Massouda a poussé des youyous de joie dans le *riad* de la rue du Hammam. Lalla Ghita l'a grondée et a fait mine de vouloir lui tirer les cheveux.

— Qu'y a-t-il donc à célébrer, petite écervelée ?

— Mon fils Tayeb…

Lalla Ghita tolère que la petite esclave nomme ainsi son propre fils – du moins, son fils adoptif. Cette annexion l'amuse plus qu'elle ne la fâche. A-t-on jamais vu un enfant avoir trois mères ?

— Eh bien, quoi, « ton fils » Tayeb ?

— *Oulidi, oulidi*… Il est à Fès dans la maison de mon seigneur le *hadj*. Il a remporté une grande bataille sur les *kouffar*…

Lalla Ghita se tait, indécise. Dans la chambre du

fond, le *hadj* n'a rien perdu de l'échange. Il a toujours eu la conviction que la petite esclave au cœur d'or et à l'âme pure a un don, qu'elle peut « voir » par-delà les montagnes et les mers. Tayeb est vivant et victorieux, dressé haut et vigoureux comme le bigaradier. Cette fois-ci, le *hadj* ne pleure pas. Mais son cœur bat à tout rompre.

8.

Dès sa blessure guérie, Tayeb est revenu dans le Rif. Il a retrouvé avec joie ses compagnons, mais il est trop avisé pour ne pas ressentir une profonde inquiétude. Debbagh, l'ami de son père, lui a souvent démontré que les Européens étaient les plus forts et qu'il convenait de les combattre par d'autres moyens que par la guerre.

Le soir, il s'écarte un peu du bivouac et va s'asseoir sous un cèdre. Il fume une cigarette et réfléchit.

Abdelkrim a remporté une bataille écrasante sans vraiment le vouloir. Son but était d'organiser le Rif, de quadriller le territoire, de le rendre dangereux à l'envahisseur en livrant çà et là des escarmouches. Il s'agissait, en somme, de montrer aux Espagnols que le jeu n'en valait pas la chandelle. Alors on aurait pu négocier un compromis qui aurait sauvé l'honneur de tous.

Mais après Anoual, c'est « un fleuve de sang et de boue » qui le sépare de ses anciens alliés. N'a-t-il pas lui-même retrouvé, derrière un buisson, le cadavre d'un de ses amis, le commandant Moralès, qu'il a rendu aux Espagnols avec les honneurs militaires ?

Il ne s'agissait là que d'un des vingt mille hommes que l'Espagne a perdus à Anoual. Elle y a aussi laissé deux cents canons, quatre cents mitrailleuses, des automobiles, des camions, tout un matériel de transmission... Quand les nouvelles arrivent au pays du Roi Très-Catholique, tous, le peuple, l'armée, la classe dirigeante, sont pris entre la stupeur, la honte et la colère. L'armée espagnole vient de subir la défaite la plus lourde de son histoire. Et contre qui ? Des montagnards illettrés, des va-nu-pieds, des bandes d'hommes sans foi ni loi !

Le tocsin sonne à Madrid. Le gouvernement démissionne.

Abdelkrim comprend que l'Espagne ne négociera plus, maintenant. Les choses sont allées trop loin. Il continuera de combattre sans se faire d'illusions. Mais un dernier scrupule lui fait commettre la plus grande erreur de sa vie : il renonce à prendre Melilla, pour ne pas brusquer les Puissances. C'est de là que partira la contre-attaque des Européens.

Le 1er février 1922, Abdelkrim est proclamé *Amir al-Moujahidine*, Commandeur des Combattants de la Foi, par les tribus qui constituent le noyau de la résistance : les Bani Ouriaghel, bien sûr, sa propre tribu, mais aussi les Temsaman, les Bani Touzine et les Beqqioua. Le bloc rifain se consolide. Douze caïds signent sa nomination, qui est proclamée dans les endroits publics, les souks, les mosquées :

« *Cet homme, que Dieu l'assiste, est notre seigneur Mohammed, fils du savant et illustre Abdelkrim al-Khattabi Ouriaghel, que Dieu le protège et l'aide à faire disparaître les hérésies qui ne correspondent pas*

125

à la religion musulmane. Qu'il détruise les partisans infidèles et corrompus... »

Un an plus tard, au début de 1923, il proclame la « République des tribus confédérées du Rif ».

Toujours la modernisation : « la République ».

Encore le compromis : « les tribus ».

Plus tard, il déclarera n'avoir jamais contesté le pouvoir du Sultan. Fait incontestable, le chef des Rifains ne cesse d'écrire au Commandeur des Croyants, qui ne lui répond jamais. Ses délégués ne peuvent même pas approcher Moulay Youssef. Lyautey, qui dit « bien aimer les Rifains, mais pas trop grands », sera intraitable : « Nous ne devons rien dire ni faire qui puisse être interprété comme une reconnaissance du soi-disant gouvernement rifain. »

Quelques années plus tard, ce soi-disant gouvernement tiendra tête à une coalition franco-espagnole forte de cinq cent mille hommes, conduite par le maréchal Pétain – Pétain, oui, le vainqueur de Verdun... –, un maréchal qui commande à quarante-deux généraux. C'est « la plus grande armée que l'on ait vue en Barbarie depuis les temps carthaginois ».

Nous n'en sommes pas encore là.

Abdelkrim dispose, au mieux, de soixante mille guerriers. Tout en faisant la guerre, il reste fidèle à ses idées de modernisation. Il construit des routes qui relient les principales villes du Rif, jette des ponts sur les rivières, étudie la possibilité de mettre en place un chemin de fer entre Ajdir et Guercif. Il installe un réseau téléphonique dont il confie la gestion à un certain Antonio, dit « El Mecanico » : c'est qu'il a auprès de lui des légionnaires déserteurs et des prisonniers espagnols qu'il traite avec humanité... Il fait proclamer dans les souks sa volonté de progrès : « Serviteurs de Dieu, autrefois vous étiez des barbares, des animaux qui ne connaissaient que la vengeance. Aujourd'hui, vous pouvez aller et venir à votre guise. Mais il vous reste à acquérir la science des chrétiens, *pour mieux les vaincre.* »

Lisant cette proclamation, Tayeb est frappé par la similitude des raisonnements de Debbagh, citadin du Sud, et d'Abdelkrim, montagnard du Nord.

Il se sent de plus en plus *marocain.*

L'épopée d'Abdelkrim a dans le monde entier un énorme retentissement. Partout où le colonialisme soumet des peuples, les exploite, les opprime, les faits d'armes des Rifains suscitent fierté et espoir.

Leur chef soulève l'enthousiasme de la gauche française. On le surnomme « Vercingétorix berbère », « Napoléon rifain »... Des socialistes, des communistes, des anarchistes sont condamnés pour l'avoir soutenu. Des écrivains, les surréalistes en tête, lancent le slogan : « Pas un sou, pas une goutte de sang pour le Rif ! » L'or et le sang...

Jacques Doriot, député communiste, fait son apologie dans l'enceinte du Parlement français. Le scandale est énorme.

Aragon écrira : « Abdelkrim fut l'idéal qui berça notre jeunesse. »

Hô Chi Minh l'appellera « le précurseur ». Il ajoutera : « L'enseignement de la guerre du Rif fut de montrer clairement la capacité d'un petit peuple à contenir et vaincre une armée moderne quand il empoigne les armes pour défendre sa patrie. Les Rifains eurent le mérite de donner cette leçon au monde entier. »

Le Viêt-công s'inspirera de la bataille d'Anoual pour mener celle de Diên Biên Phu.

Mao, Tito, le *Che*... Ils feront tous référence au Rifain. Tito : « Abdelkrim nous a beaucoup appris en ce qui concerne l'organisation et l'autonomie des groupes de guérilla. Nous avons utilisé certaines de ses tactiques. »

Le journaliste Vincent Shean, qui a visité le Rif en 1924, déclarera à la télévision américaine, dans les années 60 : « Au cours de ma vie, seuls deux hommes m'ont vraiment impressionné : Gandhi et Abdelkrim. »

Au Maroc même, il a partout ses partisans. Les services français notent qu'à Casablanca ceux-ci se réunissent régulièrement en plein centre de la ville, au café Le Roi de la Bière.

On a les rois qu'on veut, quand on est républicain.

En novembre 1924, c'est de nouveau la déroute pour l'armée espagnole, dont Primo de Rivera s'est proclamé général en chef. Entre Chaouen et Tétouan, elle est harcelée, attaquée sans pitié, elle perd deux mille hommes et un énorme butin. Vingt mille soldats rifains entrent dans Chaouen, la ville sainte enfin prise aux chrétiens. Tayeb, ivre de joie, défile dans la ville libérée. Ah, si son père pouvait le voir !

Abdelkrim installe dans la forteresse de la ville son quartier général.

Il a gagné la guerre contre l'Espagne et ses cent soixante mille soldats.

Il en est sans doute le premier surpris.

Les Puissances réagissent. Il est impensable que l'une d'elles soit définitivement défaite dans la conquête coloniale. Le 11 décembre 1924, Lyautey envoie un rapport alarmant à Herriot, le président du Conseil. Cette pseudo-République du Rif constitue « une menace sérieuse et grandissante pour notre établissement dans l'Afrique du Nord ». Lyautey veut des renforts, il veut des hommes et des armes, il demande un soutien politique ferme, une action diplomatique intense. L'Angleterre laissera faire : plutôt la France qu'Abdelkrim tout-puissant en face de Gibraltar, semble maintenant penser la pragmatique Albion. En attendant que tout cela se décante...

La deuxième guerre du Rif peut commencer.

Lyautey lance un ultimatum à Abdelkrim, par l'entremise d'un notable de Fès : « Les Bani Zeroual sont en zone française. » Le maréchal est fidèle à sa tactique du grignotage. En l'occurrence, il s'agit surtout d'une provocation. Abdelkrim n'est pas dupe. Il fait au notable fassi cette réponse magnifiquement ironique ou tristement lucide :

— Je voudrais que les Français veuillent bien nous considérer comme des gens intelligents...

Il ne veut pas la guerre. Il désire délimiter avec précision la frontière entre sa République et le Protectorat français. Il laisse certains de ses hommes dire qu'avec la France, il pourrait se satisfaire d'un statut d'autonomie. Comme le pacha de Marrakech... Ce serait une concession énorme.

Mieux : Abdelkrim suggère à Société des Nations qu'elle confie un mandat sur le Rif à une autre nation européenne, qui respecterait plus que l'Espagne la religion et les coutumes locales. Est-ce un appel discret à Lyautey, qui est sur ce point irréprochable ?

Tout est encore possible. Le Résident semble hésiter. Mais les Puissances ne peuvent se résoudre à accepter que les Rifains aient définitivement gagné la guerre : « Tous les professionnels de la révolution ont les yeux fixés sur Abdelkrim... Il faut agir, sinon graves seraient les maux qui adviendraient aux peuples d'Occident ! »

Lyautey s'est ressaisi. « Rien ne pourrait être pire pour notre régime, dit-il, que l'établissement, si près de Fès, d'un État indépendant *et moderne* qui deviendrait un pôle d'attraction. »

Stupéfiantes paroles dans la bouche d'un homme qui s'est donné pour tâche de... moderniser le Maroc !

Qui a attaqué le premier ?

C'est une question de définition. Les Français ont occupé la zaouïa d'Amjot ; alors, en avril 1925, les Rifains attaquent. En quinze jours, le territoire des Bani Zeroual est entièrement occupé. Les tribus se soulèvent et se joignent aux troupes d'Abdelkrim. C'est un raz de marée qui déferle sur les lignes françaises, en plusieurs endroits d'un front qui s'étire sur plus de trois cents kilomètres.

La ville de Fès est menacée. Tayeb rêve déjà du jour où il entrera dans la ville de ses ancêtres, en vainqueur, aux côtés de ses frères d'armes rifains. De là, il continuera à bride abattue vers Marrakech, il sautera de cheval et entrera en courant dans le *riad* de la rue du Hammam pour délivrer son père de son serment... Le *hadj* Fatmi pourra de nouveau sortir de sa maison, aucun infidèle ne pourra jamais en obscurcir le seuil.

À la nuit tombée, Tayeb grimpe au sommet d'un

arbre rabougri. Au loin, il croit voir les lueurs de la capitale de l'Empire, les murs de la maison de ses ancêtres. Il redescend de l'arbre et s'allonge à même le sol, sur le dos, les yeux pleins d'étoiles. Il serre son fusil et coule dans un rêve où Fès s'offre comme une femme.

Si Fès tombe, les conséquences en seront incalculables. Tout le pays pourrait s'embraser. Ce serait peut-être la fin du Protectorat.

À Paris, les socialistes se déchaînent contre Lyautey, vaincu militairement par « ce chef moderne et avisé, surgi d'une région chaotique et pauvre ». Le maréchal perd pied, il veut discuter avec l'émir, il reconnaît même que le Rif et les Bani Zeroual sont complémentaires… L'émir, quant à lui, répète qu'il ne veut qu'une chose : que la France reconnaisse l'indépendance du Rif et que les frontières soient clairement délimitées.

Son prestige s'est répandu dans le monde entier. À Jérusalem, à Damas, à Ankara, on collecte des fonds pour l'aider dans son combat. En France, le 21 mai, six cents conscrits des 31e et 41e régiments d'infanterie partent pour le Maroc en criant : « À bas la guerre, vivent les Rifains ! » Puis ils entonnent *L'Internationale*…

Pétain s'indigne.

L'Humanité salue le drapeau rouge de la République du Rif.

C'en est trop. La France décide de mener une guerre totale, à l'européenne. L'offensive est préparée en collaboration avec l'Espagne. Le moindre détail est prévu : blocus, débarquement, jonction entre les deux armées… Pétain prend en main le déroulement des opérations militaires. Il rencontre Primo de Rivera à Tétouan. Il est reçu par le Sultan qui lui demande de « débarrasser le Maroc de ce rebelle », une phrase que Pétain rapportera à Paris. Le Sultan a lui-même demandé à ses sujets de s'enrôler *contre* Abdelkrim, en qui il ne veut voir qu'un *rogui*, un de ces prétendants au pouvoir qui surgissent de temps à autre du désert ou qui descendent de la montagne en se proclamant *mahdi* rénovateur de l'islam, ou même Sultan…

Tayeb, à qui un marchand itinérant a rapporté ces propos, en est profondément troublé. Doit-il rester dans l'armée d'Abdelkrim, qui combat les infidèles ? Doit-il déserter pour obéir au Commandeur des Croyants ? Si seulement il pouvait entrer en contact avec son père… Marrakech est si loin.

Cela n'empêche pas le pacha de Marrakech d'envoyer des troupes pour lutter *contre* Abdelkrim.

Au début du mois d'août, l'offensive est déclenchée. Cinq cent mille hommes, soixante-dix-sept bataillons, trente-six compagnies de chars, seize escadrilles aériennes, le tout mené par quarante-deux généraux sous les ordres du maréchal Pétain, attaquent sur les trois cents kilomètres qui forment le front rifain.

Abdelkrim lance un appel aux nations civilisées. Qu'elles mettent en pratique leurs nobles principes, qu'elles défendent l'agressé contre l'agresseur, le faible contre le puissant ! Deux nations civilisées, la France et l'Espagne, lui répondent en formant un rouleau compresseur qui écrase tout sur son passage. Elles opèrent bientôt leur jonction.

Durant plusieurs décennies, les pays européens réussiront à garder le secret sur ce qu'on appellera plus tard un *crime contre l'humanité*. Il s'agit de l'emploi à grande échelle d'armes chimiques par l'Espagne contre les populations du Rif, pour contraindre Abdelkrim à abandonner la partie.

Pas un village, pas une colline du Rif n'échappe aux bombes chimiques larguées par les avions espagnols.

Parfois, ce sont même des avions allemands qui déversent du gaz moutarde sur les insurgés.

Tayeb a la chance d'échapper au nuage létal, mais il en voit les effets atroces sur ce jeune berger rifain qui, hier encore, jouait de la flûte sous un cèdre, sur ce père dont on attendra en vain le retour du côté d'Ajdir, sur ses compagnons... La mort tombe du ciel. Par quel miracle ont-*ils* pu conquérir ce qui n'est pas aux hommes ?

En 1925, Abdelkrim lance un SOS à la Croix-Rouge internationale, attirant son attention sur la violation par l'Espagne et la France, son alliée, du protocole de Genève interdisant les armes chimiques. En vain.

Qui fut le principal fournisseur de gaz toxiques à l'Espagne ?

L'Allemagne.

Qui lui donna la technologie nécessaire à la fabrication des bombes ?

L'Allemagne.

La guerre du Rif, c'est le brouillon de la guerre d'Espagne. Le fascisme belliqueux naît là. Les démocraties

133

y révèlent leur faiblesse. Toutes ces considérations historiques échappent à Tayeb et à ses compagnons. Pour eux, il s'agit de se battre nuit et jour, de reculer devant le déferlement de puissance, de se porter sur les flancs de l'ennemi, de piquer et disparaître, de ramper la nuit vers les campements, de jouer du poignard et de fuir, de se faire invisibles…

Malgré sa formidable puissance de feu, la coalition franco-espagnole piétine. L'ennemi est insaisissable, il ouvre constamment de nouveaux fronts, puis s'évanouit dans la nature. Les pertes espagnoles sont considérables. L'opinion publique s'émeut, on évoque de nouveau le désastre d'Anoual… Primo de Rivera songe à ouvrir des négociations séparées avec Abdelkrim, qui envoie à Madrid des émissaires. L'hiver est là, les opérations militaires s'interrompent.

Au Congrès islamique du Caire, en mars 1926, il est question d'offrir à Abdelkrim le califat, aboli deux ans plus tôt par Mustafa Kemal Atatürk. Le Sultan Moulay Youssef, outré, décide de boycotter le congrès. Abdelkrim envoie au Caire son ministre de l'Information, avec instruction de défendre une notion moderne de l'État : élection du chef de l'exécutif, indépendance de la justice, souveraineté du peuple.

Sur place, la guerre reprend, totalement disproportionnée.

Pour Tayeb, c'est une sorte d'apocalypse qui se déchaîne. Des bribes de Coran lui reviennent en mémoire :

« Quand la Terre sera prise de convulsions
Et qu'elle vomira tous ses fardeaux… »

C'est un orage d'acier qui s'abat sur lui et ses compagnons, un déferlement d'oiseaux de feu, un grondement tellurique que n'apaise même pas la nuit...

Que peuvent les vieux fusils, les poignards ?

Après de durs combats, Abdelkrim se rend aux Français le 27 mai 1926. Le héros du Rif déclare simplement : « Je remets ma personne et mes biens à la France. J'ai confiance en sa générosité. »

À Paris, le franc remonte. Le 14 juillet, les soldats français et espagnols défilent sur les Champs-Élysées devant le président de la République, Gaston Doumergue, qui est flanqué de Primo de Rivera et du Sultan Moulay Youssef.

Abdelkrim est exilé à La Réunion, avec vingt-neuf autres personnes de sa famille et de sa suite, dans une villa blanche, au milieu d'un parc de quatorze hectares. Il se promène, réfléchit, écrit.

« La cause de ma défaite, c'est le fanatisme religieux... J'ai tout fait pour débarrasser mon pays de l'influence de certains chérifs et marabouts qui constituent un obstacle sur la voie de la liberté et de l'indépendance... J'ai admiré la Turquie... Tout pays où ces cheikhs religieux gardent une grande influence ne peut avancer que lentement... »

Il mourra le 6 février 1963 au Caire, sans avoir revu son pays, qui est pourtant indépendant depuis 1956.

Tayeb a pu échapper à l'armée victorieuse. Dissimulé pendant le jour dans les branches des cèdres, dans des troncs creux d'arbres morts, il court la nuit dans les ravins, sur les pistes, dans les forêts. Il finit par retrouver Fès et la vieille demeure où on le reçoit avec égards et commisération. Il se terre dans une petite pièce, où sa tante vient lui apporter sa nourriture.

Comme à son habitude, il se fait apporter livres, parchemins, imprimés, tout ce que ses cousins peuvent dénicher dans la médina. Et il lit. C'est une autre façon de combattre. C'est le grand *djihad* : celui qu'on fait *contre soi*.

9

Quelques années après son aventure rifaine, Tayeb est rentré à Marrakech, où il gère les affaires de son père toujours reclus, toujours lié par son serment. La passion de Tayeb pour les événements, pour les « affaires courantes », pour ce qu'on n'appelle pas encore l'Histoire, est entière, aussi vive qu'aux jours de son enfance, quand il écoutait son père raconter son séjour à Algésiras en compagnie du « ministre des Dépenses ».

Un jour de mai 1930, le voilà assis dans la chambre du fond en compagnie de Debbagh, l'ami de son père, et du *hadj* Fatmi lui-même, relisant avec incrédulité dans un journal le texte du *dahir* qui vient d'être promulgué le 16 de ce mois et qu'on désignera bientôt sous l'appellation de « dahir berbère ». Tayeb, qui a déjà déchiffré le texte une première fois, le lit maintenant à haute voix, ses deux compagnons l'écoutant sans l'interrompre, la tête baissée et les yeux mi-clos pour mieux se concentrer, pour mieux se pénétrer de ces mots d'arabe classique qui résonnent dans tout le *riad* tant est grande l'indignation de Tayeb. Il ne se rend même pas compte qu'il n'est pas loin de crier ces formules chantournées et ces mots dont chacun sonne comme le glas d'on ne sait quelle terrible sentence. De l'autre côté du jardinet, Lalla Ghita tend l'oreille, inquiète. Massouda entend chaque mot, distinctement, sans faire le moindre effort.

« Louange à Dieu...

« Que l'on sache par les présentes, puisse Dieu en élever et en fortifier la teneur, que Notre Majesté Chérifienne a décidé ce qui suit :

« Article premier : dans les tribus de Notre Empire reconnues comme étant de coutume berbère, la répression des infractions commises par des sujets marocains, qui serait de la compétence des caïds dans les autres parties de l'Empire, est [désormais] de la compétence des chefs de tribus... »

Tayeb cesse de lire à haute voix, ses yeux balaient rapidement le texte. Il veut en venir à l'essentiel.

« Article six : les juridictions françaises statuant en matière pénale, suivant les règles qui leur sont propres, sont compétentes pour la répression des crimes commis en pays berbère, quelle que soit la condition de l'auteur du crime... »

Tayeb, excédé, cesse de lire. Il secoue la tête et serre les dents.

— Qu'est-ce que tout cela veut dire ? demande le *hadj* Fatmi, qui s'est beaucoup affaibli depuis quelques mois et qui est devenu un peu sourd.

Ses doigts courent sur les grains du chapelet et ses yeux sont toujours mi-clos. Debbagh pousse un soupir et fait un geste d'apaisement en direction de Tayeb, qui allait répondre dans un mouvement de colère. Le ton de Debbagh est mesuré, mais un frémissement incontrôlable trahit son émotion.

— Cela veut dire, mon cher frère, que les populations berbères sont maintenant soustraites au *chra'*, à la justice islamique.

— Impossible ! jette le *hadj* dont les doigts se sont figés.

Debbagh pose sa main sur l'épaule de son ami.

— C'est pourtant vrai. Du point de vue juridique, il y a désormais deux sortes de Marocains : les Arabes, soumis au *chra'*, et les Berbères, soumis au droit coutumier et à la justice française.

Tayeb, révolté, jette le journal dans un coin de la petite pièce. Le *hadj* Fatmi lève un doigt hésitant et dit d'une voix frêle :

— Mon cher ami, mon fils, je vais vous raconter une histoire qui m'est arrivée dans ma jeunesse, quand j'habitais chez les *Chlouh*...

Les deux hommes feignent de ne pas connaître l'histoire de cette jeune Berbère, cette Soussie que le *hadj* avait épousée au temps où il tentait de faire fortune du côté d'Agadir – et dont ils ignorent tous deux qu'elle est la vraie mère de Tayeb. Ils l'écoutent patiemment narrer tout ce qui reste présent à son souvenir, quelques détails sans importance et surtout le point essentiel : une simple lecture de la sourate liminaire du Coran avait suffi pour sceller l'alliance du Fassi et de la Chelha.

Il conclut, dans un souffle :

— Deux sortes de Marocains, vraiment ? Et pourtant, une *fatiha*, lue en moins d'une minute, nous a réunis, elle et moi, devant Dieu et devant les hommes... Essayez donc de réunir le lapin et l'aigle, le chat et le chien, par une simple *fatiha*...

Et il ajoute :

— Allez dire cela à ceux qui ont obligé le Sultan à promulguer ce dahir impie…

Tayeb ne peut se contenir.

— Il n'y a pas que cela ! Il y a aussi le fait que diviser Arabes et Berbères n'a aucun sens si on considère l'histoire de notre pays. Le fondateur de la première dynastie marocaine, Idris, avait épousé une Berbère, Kenza. Son fils Idris II était donc au moins aussi berbère qu'arabe. Et c'est le cas de tous les Marocains aujourd'hui, rois ou roturiers, citadins ou montagnards, riches ou pauvres ! Cette histoire d'Arabes et de Berbères n'a aucun sens !

Il ne sait pas qu'il est lui-même l'exemple vivant de ce qu'il avance… Debbagh lui adresse un sourire fatigué.

— Nous savons tout cela, mon cher Tayeb. Ce sont *eux* qui ne le savent pas.

Tayeb, son père, Debbagh ne sont pas les seuls à s'indigner. L'émoi est général. Dans plusieurs mosquées, on récite le *Ya latif,* une prière réservée pour des circonstances particulièrement graves. Les prières sont suivies de manifestations dans les rues, les forces de l'ordre sont en alerte, des échauffourées éclatent.

Le soir, au cours du dîner, alors que le *hadj* Fatmi s'est endormi dans la chambre du fond, Tayeb revient à la charge. Il explose :

— Comment pourrait-il y avoir deux sortes de Marocains ? Nous sommes tous musulmans !

Debbagh, l'ami de son père, est d'accord. Il ne comprend pas cette bourde des Français.

— S'il s'agit de diviser pour mieux régner…

140

— C'est une attaque contre l'islam !

— ... alors se pose la question de savoir *qui* règne. Le Sultan est Commandeur des Croyants, il n'a rien à gagner à cette division.

— Continuez, demande Tayeb, soudain attentif.

— Donc, les masques tombent, ce sont les Français qui règnent et ce soi-disant Protectorat n'est qu'un leurre.

Les deux hommes se taisent.

Le fils du *hadj* Fatmi est allé prier à la mosquée Ben Youssef, qui est toute proche. La prière du *Ya latif* commence.

Ô mon Dieu, protège-nous du malheur
Et ne permets pas que nous soyons séparés de nos frères berbères.

C'est un moment d'exaltation intense. Il lui semble faire corps avec tous les hommes qui l'environnent, et au-delà avec tous ceux qui, au même moment, d'un même mouvement, dans toutes les mosquées du pays, psalmodient la même supplique. Il ne fait qu'un avec la communauté des croyants, la *oumma*, avec les Marocains qu'il a côtoyés à Anoual, à Fès, à Marrakech, partout... Mille souvenirs de la guerre du Rif lui reviennent en mémoire. Des larmes coulent sur ses joues.

La prière s'achève. Les hommes restent encore un moment assis sur les nattes qu'ils ont déroulées sur le sol.

Ya latif ! Ya latif !

L'incantation continue de résonner dans la tête de Tayeb.

En sortant de la mosquée, il remarque, au coin de la rue, quelques soldats de l'armée coloniale.

C'est cela le plus insupportable. Après cet instant sublime où, les yeux fermés, il a cru sentir le souffle divin, il lui faut passer maintenant devant ces mortels qui sont ici tout-puissants. Ici, dans la ville de Youssef Ibn Tachfine. *La capitale du Sud*, disent les Français, depuis qu'ils ont transféré l'administration à Rabat.

Les pierres volent. Des vociférations éclatent.

Des hommes qui d'habitude marchent à petits pas, d'un train digne et compassé, prennent leurs jambes à leur cou.

Il faudra attendre le 8 avril 1934 pour qu'un autre dahir abroge l'article 6 du dahir berbère.

10.

La conquête militaire du Maroc ne s'achève qu'au milieu des années 30. La résistance à la colonisation a fait, depuis 1902, trente-huit mille morts français, plus que n'en fera la guerre d'Algérie entre 1954 et 1962 (trente-trois mille).

Le pays est définitivement pacifié en 1934. Coïncidence ? Cette année-là apparaît un *Comité d'action marocaine* qui élabore un plan de réformes. Tayeb adhère avec enthousiasme à ce premier parti politique marocain. Il lit avec avidité ses proclamations.

« Vingt-deux ans se sont écoulés depuis la signature du traité de protectorat. Il y a donc lieu de nous demander où nous en sommes quant à la réalisation de nos espérances fondamentales [...].

« Il est vrai que la paix règne finalement sur l'étendue de l'Empire. Les Marocains en éprouvent une satisfaction que seul peut troubler le souvenir d'événements douloureux et de l'effusion de sang qui les a caractérisés.

« [...] Le Maroc a accompli une œuvre importante d'équipement matériel moderne : routes, voies ferrées, édifices administratifs, etc.

« Les Marocains reconnaissent les efforts du Protectorat dans ce domaine. Mais ils lui font grief d'avoir manqué de mesure dans l'établissement du programme d'équipement, pratiqué une fiscalité excessive et recouru souvent à une folle politique d'emprunts ruineux pour l'État et la nation. Les Marocains [déplorent] dans ce système d'administration une politique de privilèges et de race qui est la cause fondamentale qui leur a valu de voir négliger leur évolution [...].

« [Notre comité] a constaté qu'une partie des réformes auxquelles aspire le peuple marocain fait l'objet d'une législation dont on limite l'application à la colonie européenne. Dans ce domaine, il demande l'extension du bénéfice à la population marocaine. C'est le cas notamment des dahirs sur le travail, l'état civil, les libertés individuelles, etc. »

Bien que « nationaliste », Tayeb s'est lié avec un Français, Orsini, qui a de vagues attributions dans une sorte de bureau qui assure la liaison entre l'administration française et le puissant pacha de Marrakech. À force de négocier la livraison de toutes sortes de marchandises à ce bureau, les deux hommes ont fini par se connaître et s'apprécier. Orsini l'a tout de suite tutoyé. Tayeb en est resté au « vous ».

Il n'a pas oublié les leçons de Debbagh. « Il faut maintenant acquérir la science chez les Européens. » Il gère les affaires de son père, mais dès qu'il le peut, il va flâner du côté des cafés où Orsini et certains de ses collègues français ne dédaignent pas de s'asseoir, le temps de partager une théière.

Malgré ses demandes insistantes, Orsini n'a jamais pu entrer dans le petit *riad* de la rue du Hammam. Le *hadj* Fatmi n'aurait pas toléré que les pieds d'un chrétien foulent le sol de sa maison. Alors les deux hommes se retrouvent dans des cafés ou parfois, plus rarement, dans le petit appartement d'Orsini qui débouche alors une bouteille de vin et déploie des trésors de persuasion pour faire boire Tayeb. Celui-ci note sur un petit calepin les mots et les expressions que l'autre emploie et qu'il ne connaît pas.

Orsini est ce qu'on appelle « un marrant » – il a appris lui-même le mot à Tayeb. Il tourne tout en dérision, raconte ce qu'il appelle « des blagues » et puis, mine de rien, interroge son ami marocain sur ce qu'on pense dans les ruelles de Marrakech, sur ce qu'on dit du pacha, des Français, des événements...

Il a des idées paradoxales sur tout, en particulier sur les rapports entre la France et le Maroc. Tayeb ne sait jamais s'il plaisante ou s'il est sérieux.

— Lyautey, on dira ce qu'on voudra, c'était un sacré bonhomme... Je le connais depuis longtemps, je l'ai souvent rencontré au début de ma carrière, quand je passais d'une affectation à l'autre. Pas seulement pendant la pacification, non, depuis plus longtemps encore... Oui, mon petit Tayeb, ne me regarde pas comme ça, j'ai bien dit « pacification »...

— Je dirais plutôt « conquête militaire »...

— Moi, je dis pacification. Il faudra t'y faire, l'ami. La pacification s'est faite au nom du Sultan, de *ton* Sultan, comment pourrait-elle être une conquête ? Soyons logiques : le Sultan ne va pas conquérir son propre pays, non ? Tu souris, c'est déjà bon signe. Note encore ceci : nous nous sommes appuyés sur des notables marocains gagnés à notre cause...

— Quelle cause ?

— La cause française, pardi ! Notre *mission*.

— Qui est...

— Tu es coriace aujourd'hui, mon petit Tayeb, dis donc ! Comment ça, tu veux que je te dise quelle est notre mission ? Tu plaisantes, j'espère. Ah, je le vois bien, à ton sourire. Tu as failli me faire marcher. S'il fallait que je te rappelle les écoles, les routes, l'électricité... Je disais donc : nous nous sommes appuyés sur des notables *gagnés à notre cause*. Des notables, oui, et plus que ça encore : des seigneurs qui ont pratiquement droit de vie et de mort sur leurs terres. Les caïds, quoi, *vos* caïds. Ce n'est pas nous qui les avons inventés, quand même ? La presse les adore... Ils aiment les grands mots, les journalistes... Ils appellent cela « la politique des grands caïds ». Or les caïds sont aussi des indigènes, autant que toi, mon cher Tayeb.

— Vous voulez dire que cette conquête est aussi une guerre entre Marocains ?

— Tu t'obstines, dis donc. Ce n'est pas du mauvais esprit, j'espère ? Ou c'est de l'esprit tout court ? Quoi qu'il en soit, mon cher ami, il y a trois mots qui ne vont pas dans ta phrase. Trois mots, trois erreurs, tu as tout faux ! Conquête : non, monsieur, on dit pacification. Guerre : à bannir, ce sont pratiquement des opérations de police que nous menons ici. Marocains : il n'y a ici que des tribus ; à la rigueur, si on veut grouper tout le monde, ce serait : musulmans. Ou alors, Arabes et Berbères. Vous dites vous-mêmes : je viens de telle tribu, de tel coin.

— Voilà quelque chose que je ne dis *jamais*.

— Oui, mais vous les Fassis, ce n'est pas pareil, vous êtes des citadins depuis vingt générations. Les autres, ils savent à peine qui est le bonhomme qui vit de l'autre côté de la montagne, et même, ils n'en savent rien du tout ! Ils s'en fichent ! Les vrais Marocains, c'est nous, ça te la coupe, hein ?

— Je croyais que vous étiez corse ?

Orsini balaie l'objection d'un geste de la main.

— Nous, on considère toute cette mosaïque, ou ce magma, comme un seul pays. Donc, c'est nous, les vrais Marocains !

Quand il a « un verre dans le nez », comme il dit, Orsini devient comme une fontaine de mots, on ne peut plus l'arrêter, ça jaillit, ça fuse... Tayeb écoute, fasciné, sans toujours comprendre ce que l'autre dit...

— Alors, Tayeb, tu fais de la politique ? Tu es membre de ce « parti » marocain ?

— J'ai lu son programme...

Orsini le coupe.

— Le programme, en gros, c'est de mettre les Français dehors ?

— Non, c'est plus, comment dites-vous... « subtil »... modéré... D'ailleurs, il a été présenté au Résident.

Orsini ricane.

— Le programme « a été présenté au Résident ». Drôle d'expression... Je suppose qu'elle suffit aux journalistes et aux historiens. Mais qu'est-ce qu'elle signifie ? Les détails, hein ? Tout est là ! Imagine la scène, mon petit Tayeb. « Le programme a été présenté au Résident. » Ha ! Comment tu vois la chose, toi ? Un groupe de jeunes hommes se présente aux portes de la Résidence. Ils ont mis leurs habits du vendredi (ha, ha !), ils ont cet air fier et un peu farouche que prennent les Marocains quand ils viennent présenter leurs doléances (oui, oui, je *vous* connais)...

« ... ou bien est-ce l'air *obséquieux et un peu crain-tif* que prennent les Marocains quand ils viennent présenter leurs doléances ? Allons, ne te fâche pas.

« Tu vois bien que ce n'est pas facile.

« *Ils ont envoyé le document par la poste.* Ah, tu souris. À la bonne heure. Mais soyons sérieux : aucune révolution ne s'est jamais faite par lettre recommandée. Tu imagines Robespierre à la poste de la rue du Louvre expédiant un « petit bleu » à Louis XVI l'avisant de fiche le camp en Prusse ?

« Bon, où en est-on avec tes compatriotes ? Ils sont devant la grille de la Résidence, à Rabat. On les fait attendre, sous un soleil de plomb. Les minutes passent, bientôt les heures. Stoïques, ils restent plantés là, mais la haine de l'occupant s'instille dans leur cœur (oh, là, là, qu'est-ce que je suis sérieux)...

« ... ou bien : ils sont immédiatement introduits dans la Résidence, on les fait s'asseoir dans un beau salon et on leur sert des rafraîchissements. Hé, hé, on connaît les usages, nous autres Français. Discrètement, un des visiteurs tâte, en connaisseur, en Fassi comme toi, l'étoffe qui recouvre les fauteuils.

« La suite ? Comment savoir ? Le Résident les reçoit. Le Résident ne les reçoit pas. Il est rogue, hautain, il frise sa moustache d'un air un peu irrité. Il ne porte pas la moustache, il est affable, bienveillant, presque paternel. Qu'est-ce que c'est que ces bouseux ! Voici donc la fine fleur de l'élite urbaine de ce pays. Une bande d'agitateurs que je te foutrai au violon s'ils continuent de me défriser ! L'avenir de ce beau pays. Des fanatiques religieux. Ils sont manipulés par l'extrême gauche parisienne. On peut traiter avec eux.

Pas de discussion possible avec ces gens-là. Ils sont raisonnables. Au poteau !

« Ne prends pas cet air effaré, Tayeb. J'essaie d'imaginer le pékin de l'an 2000 qui lira dans un bouquin d'histoire que « le plan de réformes du Comité d'action marocaine a été présenté au Résident ». L'Histoire est lacunaire, mon ami. Hein ? Qu'est-ce que tu dis ? « Lacunaire », ça veut dire « pleine de trous ». C'est ça, note sur ton calepin…

« Bon, revenons à tes compatriotes qui se piquent de politique… Ils sont restés plantés devant une grille qui ne s'ouvrira pas. Un sous-fifre les reçoit, M. de Quelque Chose, qui a l'air effaré. Il débute dans la Carrière, il n'a même pas encore publié la moindre plaquette de poèmes. On lui remet le « Plan de réformes marocaines ». Ce qui frappe M. de Q, c'est que le mot PLAN est imprimé en rouge, en grosses lettres majuscules. Au-dessous, en petites lettres noires, comme s'il ne s'agissait que d'un prétexte, suit l'intitulé « de réformes marocaines ». Ça, c'est authentique, figure-toi que je l'ai vu, ce satané document…

« PLAN. M. Deuq fait sous lui. La main de Moscou ? Il prend avec précaution le document (plan ! plan ! rantanplan !) que lui tend un petit grand, très maigre et très gros, étonnamment glabre avec sa belle barbe broussailleuse, un nègre blanc aux yeux clairs et sombres, l'archétype de l'Arabe berbère citadin nomade du Sahara et des villes côtières réunies. Deuq pose le doc' sur son bureau et s'incline :

« — Je le remettrai en main propre au Résident.

« Puis il saute sur le bureau, se lance dans une grotesque danse du ventre en frappant en cadence dans ses mains. Il baisse son pantalon, exhibe ses fesses et mime un geste obscène :

« — Je m'en torche, de vot' plan, sales bicots !

« Il raccompagne ses interlocuteurs avec tous les égards :

« — Messieurs…

Tayeb regarde, fasciné, ce petit Corse qu'on dirait possédé par un démon.

Rentré dans le petit *riad*, Tayeb a une longue discussion avec Debbagh. Chacun recoupe ses informations. On ne s'amuse pas avec l'Histoire. On sait à peu près comment ce manifeste fut présenté. Le Résident s'appelle Henri Ponsot. Avant lui, il y a eu Lucien Saint ; après lui, il y en aura d'autres.

Peu importe, finalement, comment s'est déroulée la scène, la présentation du Plan au Résident.

Les autorités françaises opposent une fin de non-recevoir.

C'est *niet* !

11.

En 1936, le Front populaire arrive au pouvoir en France.

Tayeb, comme tous les nationalistes marocains, accueille avec enthousiasme la nouvelle. Il pense qu'un gouvernement de gauche sera plus attentif à leurs revendications. Mais rien ne semble venir. Le Comité d'action marocaine présente en octobre 1936 un *programme de revendications immédiates* et organise des rassemblements dans les grandes villes. Ce passage à l'action directe est voué à l'échec. Les rassemblements sont interdits, les chefs condamnés à de lourdes peines. En mars 1937, le résident Noguès dissout le Comité d'action marocaine.

Les nationalistes se regroupent alors autour de deux formations : le *Parti national pour la réalisation des réformes*, dirigé par Allal El Fassi et le *Mouvement national* mené par Mohamed Bel Hassan El Ouazzani. Les amis se divisent. Tayeb adhère au *Parti* d'Allal El Fassi, Debbagh au *Mouvement* de Ouazzani. Le *hadj* Fatmi s'estime trop vieux pour s'engager, bien qu'il soit lié à la famille de ce jeune *fqih* salafiste qu'on nomme Si Allal : leurs grand-mères sont sœurs.

Il y aura de longues discussions entre les deux amis et Tayeb, qui leur apporte des informations inédites glanées auprès de l'étrange Orsini.

Le reste de l'année se caractérise par une forte tension dans les villes et dans les campagnes. En septembre, le détournement au profit des colons des eaux de l'oued Boufekrane, près de Meknès, met le feu aux poudres. Des manifestations de protestation s'organisent. On parlera des « événements de Boufekrane ».

— Dans l'histoire récente du Maroc, il y a beaucoup d'« événements », remarque Tayeb.

— On a les euphémismes qu'on peut, rétorque Orsini, qui sait bien que son interlocuteur ne connaît pas ce mot.

— Les « événements » d'Oujda, de Oued Zem, de Casablanca...

Orsini pousse un soupir, se lève et va chercher un gros livre sur une étagère.

— Que dit Larousse ? *Événement :* du latin *evenire*, arriver. Ce qui arrive, ce qui se produit. On constate...

Le Corse ricane.

— Ma parole, vous nous influencez... « On constate »... Une teinte de fatalisme, par contagion ? *Mektoub* ?

Il continue de consulter le dictionnaire.

— Autre acception du mot : *Fait historique important*. Hmmm...

Il replace le livre sur l'étagère et va se planter devant la fenêtre, songeur. Au loin, la rumeur de la place Jemaa el-Fna semble soudain menaçante. Les mots parlent d'eux-mêmes. Grammaire africaine. Si ce sont des événements, alors ce sont des « faits historiques importants ». L'Histoire est en marche. Mais l'Intérieur ou la Résidence n'ont pas consulté le dictionnaire, ils nient ce que le mot affirme. Ils parlent, dans la même phrase, d'*éléments* – incontrôlés, bien sûr –, pour mieux fractionner la population, séparer le bon grain de l'ivraie, mais les éléments font-ils l'Histoire ? Les Français ne sont-ils pas eux-mêmes idéalement placés pour répondre à cette question ? Des *éléments* font-ils *événement* ?

Donc, Boufekrane.

La foule se dirige vers la place Lahdim, à Meknès, pour tenter d'investir la *mahkama* (tribunal) du pacha et libérer les prisonniers. Des barricades de police, défendues aussi par des spahis et des légionnaires, bloquent la route. Pendant deux heures, trois à quatre cents manifestants s'efforcent d'enfoncer la barricade. L'ordre d'ouvrir le feu est donné.

L'Action populaire titre, sur toute la première page : **Des événements sanglants à Meknès. La troupe tire sur la foule. Quels sont les responsables ?**

C'est une « une » spectaculaire parce que ces mots ne chapeautent pas un article, ils figurent, en rouge, en surimpression sur le texte même d'articles (sur l'Exposition universelle de Paris, sur la réforme de la justice…) qui sont ainsi frappés d'insignifiance, d'inutilité.

L'émeute a remplacé le discours.

12.

Tayeb continue de fréquenter Orsini, sur ordre du parti de l'Istiqlal qui espère glaner des informations sur les intentions des Français. Orsini nourrit ses rapports de ce que lui raconte son « protégé » marocain. Les deux agents sont devenus comme les deux doigts de la main, *dixit* Orsini. Lorsque Tayeb lui avoue qu'il a combattu l'Espagne et la France dans l'armée d'Abdelkrim, le Corse ne peut réprimer un sifflement de surprise :

— Ben, mon colon !

Il se fait raconter Anoual, les embuscades, les bivouacs... Pendant ce temps, il boit. Puis, quand la deuxième bouteille de vin rouge est vide, quand Tayeb a fini de raconter « son » Rif, le festival Orsini peut commencer.

— Tu sais, mon petit Tayeb, le Rif, c'était l'Afghanistan aux portes de l'Europe, le Grand Jeu s'est déployé là aussi, implacable.

— « Le Grand Jeu » ?

Orsini explique la signification de cette expression, qu'il attribue à Kipling. Il continue :

— Au fond, Abdelkrim était un agent de Londres...

Tayeb blêmit.

— Monsieur Orsini, vous allez trop loin...

— Quarante-sept officiers de l'Intelligence Service, pas moins, servaient dans son état-major...

— Non ! C'est une... une... (Tayeb cherche le mot)... une calomnie !

— Si... Tout cela se saura un jour... Quand on ouvrira les archives... Combien de nos soldats sont-ils morts dans des embuscades tendues par les agents de Sa Majesté, l'autre, celle de Buckingham ?

— Calomnie ! Mensonge !

— Sans l'appui de l'Intelligence Service, sans son argent, tu crois qu'Abdelkrim et sa bande de va-nu-pieds (sauf ton respect, mon petit Tayeb) auraient pu nous résister ? Réfléchis : nous avons tenu en échec les Allemands – les Allemands ! – et nous les avons finalement battus en 18. Les Boches casqués et armés jusqu'aux sourcils ! Et nous aurions été incapables de venir à bout d'une poignée de fanatiques emmenés par un aventurier monté sur une mule ! L'IS, je te dis !

Orsini parle si vite que Tayeb saisit à peine ce qu'il dit. Cependant le sens général des divagations du Corse ne lui échappe pas. Il proteste :

— Vous avez des preuves ?

— Mieux que des preuves : des aveux circonstanciés. Voici la scène. Abdelkrim, entouré de ses séides, parade devant les chefs de tribus. Qui a-t-il à ses côtés ? Les capitaines Gardner – ou Gardiner, on ne sait plus – et Gordon Canning ! Ce ne sont pas des Ibn Truc et des Abou Machin ! Gardner ! Gordon ! Et que dit-il, *mister* le Rebelle-en-Chef ? Ceci : « L'Angleterre est notre alliée, elle nous aide de ses conseils et de son argent. Ses officiers servent dans nos rangs.

Jamais nous ne ferons la paix sans son conseil. Et nous n'oublierons pas la part qui lui revient dans la victoire. » Alors ? Que te faut-il de plus ?

— Des noms, des adresses…

— Tu as tort de plaisanter. Tu veux une adresse ? La voici : 18, Feathrestone Building, Holborn, Angleterre. Je la connais par cœur à force de l'avoir répétée à des Thomas l'incrédule, des types comme toi…

— C'est quoi, ça ? *Fèdrestón* ?

— C'est là que siège le Rif Committee, une officine montée par le Colonial Department. Et il fait quoi, ce comité du Rif ? Il gère les munitions et la bouffe des Rifains ! La tienne, mon petit Tayeb ! Tu as mangé *british*, dans ton bivouac ! *Halal* mes fesses ! Pudding au jarret de bœuf, des fois ! Mais oui, l'intendance d'Abdelkrim, elle est là, dans le Feathrestone Building ! Ça te la coupe, hein, mon Tayeb ! Ou faut-il dire : *sir* Tayeb ? Mais attends, ils ne font pas que ça ! À l'entresol, on s'occupe peut-être de blé et d'huile, mais à l'étage, ce sont carrément les plans d'attaque que ces messieurs mettent au point !

— Si tout cela est vrai, si tout cela se savait, que faisait la France ?

— Rien. Nous saluions.

— Vous… quoi ?

— Mets-toi dans l'état d'esprit des années 20, mon cher Tayeb. Quand le *Silver Crescent* croise un bâtiment de notre flotte, que fait le bâtiment ? Que fait la flotte, même, tout entière ? Nous saluions ! Ce sont les ordres de Paris. Les cales du *Silver Crescent*, qui est bien sûr affrété par tes copains du Rif Committee, sont bourrées d'armes et de munitions destinées à *ton* Abdelkrim. Les Anglais se moquent de nous *double-*

ment. Leur foutu rafiot, ils l'ont baptisé « Croissant d'Argent » ! C'est ça, ce que ça veut dire, *Silver Crescent* : « Croissant d'Argent » ! Merde, ça ne s'invente pas ! Le croissant des musulmans et l'argent de Sa Majesté perfide ! Nous saluons !

— C'est… inconcevable.

— Je ne te le fais pas dire. Mais il y a mieux. Tu sais que le Maroc est officiellement un protectorat, pas une colonie. Statut un peu bizarre… Une cote mal taillée, à vrai dire. Car qui en profite ? Les Anglais. Toujours les Anglais ! Ce foutu statut de « protectorat » les autorise à « protéger » des indigènes. Bon. Mais alors, tout musulman qui se trouve en bisbille avec nous se rue sur le consulat anglais, les babouches à la main, la barbe au vent, et se proclame sujet de Sa Majesté Buckingham ! Que me voilà soudain un *rosbif* en djellaba ! De l'arabe sauce *british* ! Du berbère pur porc ! On ne peut plus y toucher ! Inviolable ! Il n'est plus, je cite le traité, « justiciable que des tribunaux consulaires de Grande-Bretagne » ! Et nous, que faisons-nous, notre police, notre administration ?

— « Nous saluons » ?

— Nous saluons. À Fès, il y a un de ces zigotos, pas né sur les bords de la Tamise ou dans la culotte de Nelson, un certain El Hajoui : ni plus ni moins que le représentant officiel d'Abdelkrim ! Eh oui, vot' ambassadeur, mon petit Tayeb ! Nous savons parfaitement où il habite : une maison à double issue de Bab Ghissa, où les Anglo-Rifains complotent sans désemparer. À Fès, chez nous !

— Comment ça, chez vous ?

— Parfaitement ! Chez nous ! Et nous ne pouvons rien faire, toute la police française et l'administration sont impuissantes car, tiens-toi bien, mon Tayeb, ce satané El Hajoui est « protégé anglais » ! Moyennant quoi, il monte sur sa mule et harangue la populace, assurant à ces gueux qu'Abdelkrim, le Sultan du Rif – ce sont ses propres termes –, est en train de rosser l'infidèle – c'est nous, ça ! – et qu'il entrera bientôt à Fès, pour la plus grande gloire d'Allah ! Et sais-tu qui le suit, à trois pas, silencieux, respectueux ? Sa mousmé ? Sa moukère ? Je t'en ficherais ! C'est *mister* son officier d'ordonnance, le capitaine Manday : encore un Anglais !

— Vous êtes amusant, Orsini.

— Comment ça, amusant ? Dis plutôt que tout cela est révoltant !

Orsini avale un verre de vin, se nettoie les lèvres du revers de la main, puis il reprend son exposé, en redoublant de véhémence.

— Mais ce n'est pas tout ! Le ravitaillement d'Abdelkrim, c'est un certain Kettani qui s'en occupe…

— Encore un sujet britannique ?

— Bravo ! Tu commences à comprendre. Imagine donc la scène : ledit Kettani sort de Tanger à la tête d'une caravane de mules qui transportent des sacs de victuailles, de café, de pansements, de munitions, bref, tout ce dont son maître Abdelkrim a besoin pour nous faire la guerre. La gendarmerie, la nôtre ou celle des Espagnols, s'approche, méfiante. Halte-là ! Qui va là ? Imperturbable, Kettani exhibe son passeport anglais. Les pandores vérifient dix fois, vingt fois, les documents : ils sont authentiques ! On est donc bien obligé de le laisser passer, lui et ses mules, qui sont au moins aussi anglaises que lui.

— Mais les marchandises ?

— Elles sont étiquetées comme colis postaux anglais. Nos gendarmes n'ont pas le droit d'y toucher.

— Je ne comprends plus. La poste anglaise au Maroc ?

— Mais oui. Je te disais que le Protectorat était une cote mal taillée. Toutes les Puissances signataires du traité d'Algésiras ont le droit d'avoir leur propre service de poste dans l'Empire chérifien. Cependant, on n'y voit jamais de timbre belge ni de postier russe, parce que tout le monde fait confiance à la France. Tous les pays civilisés l'ont chargée de s'occuper de la poste. Tous… mais pas l'Angleterre ! Oh non ! Les Anglais, nous faire confiance ? Tu rêves ? La guerre de Cent Ans n'est pas finie, mon petit Tayeb ! C'est la guerre de Mille Ans ! L'Angleterre a créé son propre service qui fonctionne dans tout le Protectorat. Je dis bien : *tout* le Protectorat. Partout, à Fès, à Marrakech, à Casablanca, on peut trouver des boîtes aux lettres frappées aux armes de Sa Majesté britannique : un serpent qui mord une fesse française. Des fonctionnaires anglais timbrent les lettres et les expédient à d'autres fonctionnaires anglais qui les déposent dans la sacoche du facteur, de plus en plus anglais. La censure postale et télégraphique de la France est impuissante contre ce diabolique réseau de facteurs.

— C'est étonnant.

— Plus que tu ne le crois. Tiens, *ton* Abdelkrim édite un pamphlet en français, dont le titre, *Le Pain brûlé*, signifie sans doute quelque chose, mais qui m'échappe. Bref, cette miche qui flambe est censée inciter nos soldats à la désertion. Rien que ça ! Et qui distribue ce quignon ? La poste anglaise ! Tout cela circule dans ses sacs. Et, soyons justes, elle est d'une remarquable efficacité, la Royal Mail : Abdelkrim se fend d'un communiqué ; le même jour, on le trouve affiché dans les mosquées du pays. *Thank you, London !* Et à propos d'affiches, qui les imprime ? Un certain Ancelle, à Tanger, stipendié par les services secrets britanniques. Ça s'agite, chez Ancelle, ça travaille, ça joue du pochoir, ça sent l'encre et le papier. Faites chauffer la colle ! Mais que nous imprime-t-il, le bon Ancelle ? Approche-toi, mon bon Tayeb, lis : LA FRANCE EST L'ENNEMIE DE L'ISLAM ! SUPPRIMONS LA DOMINATION ÉTRANGÈRE ! DÉFENDONS LE PEUPLE ARABE CONTRE L'EN-VAHISSEUR ! Ils sont bons, les services anglais ! Des poètes ! Et en arabe, en plus !

— Je vous l'accorde : c'est bizarre.

— Non. C'est le Maroc.

13.

L'étrange amitié entre Tayeb et Orsini se maintint, avec des hauts et des bas, en dépit des vicissitudes de l'Histoire. Chacun avait besoin de l'autre, d'une certaine façon, pour comprendre qui étaient *ceux d'en face*. Tayeb apprit à connaître l'esprit complexe, tour à tour frivole ou profond, amateur de paradoxes, de cet homme dont ne savait pas exactement ce qu'il faisait à Marrakech, mais qui avait toujours l'air d'avoir un coup d'avance dans la partie d'échecs qu'il semblait jouer contre un adversaire inconnu. Orsini fut frappé par l'intelligence du Marocain et sa capacité à apprendre très vite ce qui avait pris des siècles à se former et se cristalliser dans la culture française – et d'abord, sa langue. Lorsque les tensions commencèrent à croître en Europe après la crise de Munich, leurs conversations cessèrent de porter sur la situation au Maroc pour embrasser de plus vastes querelles. Lorsque la guerre éclata, ou plutôt lorsqu'elle fut officiellement déclarée entre l'Angleterre, la France et l'Allemagne, les deux hommes se retrouvèrent à la Mamounia, où Orsini « avait ses habitudes », comme il aimait le dire.

— Chapeau ! cria le Corse en levant son verre lorsqu'il vit Tayeb s'approcher.

— Pourquoi donc ? demanda Tayeb en s'asseyant.

— Comment ? Tu n'es pas au courant. Lis ceci !

Il lui tendit son journal en désignant la « une ». Tayeb y lut une proclamation du Sultan Mohammed Ben Youssef datée du 3 septembre 1939 :

« La France prend aujourd'hui les armes pour défendre son sol, son honneur, sa dignité, son avenir et le nôtre.

Nous devons être nous-mêmes fidèles aux principes de l'honneur de notre race, de notre histoire et de notre religion.

À partir de ce jour et jusqu'à ce que l'étendard de la France et de ses alliés soit couronné de gloire, nous lui devons concours sans réserve, sans lui marchander aucune de nos ressources et sans reculer devant aucun sacrifice. Nous étions liés à elle dans le temps de la tranquillité et de l'opulence. Il est juste que nous soyons à ses côtés dans l'épreuve qu'elle traverse et d'où elle sortira, nous en sommes convaincus, glorieuse et grandie. »

— Eh bien ? cria Orsini.

— C'est... je ne sais pas, je ne trouve pas mes mots.

— Franchement, j'en ai eu les larmes aux yeux, avoue le Corse. Quel geste ! Quelle noblesse ! M..., quoi ! C'est beau !

Ce soir-là, Tayeb alla dans la petite chambre du fond pour rapporter à son père les nouvelles du jour. La guerre avait commencé en Europe. Il n'eut pas le courage de lui lire le journal. Comment le *hadj* Fatmi, tenu par son serment, aurait-il pris la proclamation du Sultan ?

Il ne s'agit pas de mots creux. Quatre-vingt-dix mille hommes venus du Maroc prennent part à la drôle de guerre.

Tayeb a fini par entendre l'appel du Sultan. Il s'est engagé dans l'armée française.

A-t-il la nostalgie de la guerre ? Est-il en mission commandée, va-t-il espionner pour le compte du Parti ? Est-il simplement tenté par l'aventure ? S'ennuie-t-il à Marrakech ?

En tout cas, il a dû mentir sur son âge. Le sergent recruteur n'est pas trop regardant, il fait semblant de croire la date de naissance (approximative) que lui indique cet homme aux yeux farouches. Et il sait reconnaître, en quelques minutes, le guerrier d'instinct. Trop jeune pour le *djihad* d'Abdelkrim, trop vieux pour celui des Français, Tayeb fera pourtant les deux.

Quand Orsini est mis au courant, il tombe des nues.

— Toi ?

Il n'y comprend rien. Un Fassi, un « nationaliste », le fils d'un grand commerçant, un homme qui sait lire et écrire, s'engager dans l'armée française ? C'est inouï.

— Au moins, suggère-t-il, entre dans un grade qui correspond à ton âge et à ton expérience. Je me charge de tout, une simple lettre…

— Non, l'interrompt Tayeb. Ne vous occupez pas de moi. Chacun sa guerre.

Le voilà sous uniforme français. Son père l'aurait-il compris ?

Il ne lui a rien dit. Les autres savent, plus ou moins, mais pour le *hadj* Fatmi, son fils est parti vers l'Orient,

163

comme Ibn Batouta, visiter les lieux saints et puis chercher en Égypte, en Syrie, des marchés, un commerce
possible… Le *hadj* se souvient de son propre rêve de
semer d'entrepôts la route qui mène de Fès au Sénégal.
Cette fois-ci, c'est d'autres horizons, d'autres latitudes
que son fils veut explorer. Dieu lui vienne en aide !

Mai et juin 1940, les mois terribles, surprennent
Tayeb alors qu'il est encore au Maroc. Il ronge son
frein, attend comme tant d'autres que la France com-
battante se redresse. Après moult tribulations, il est
en Italie en novembre 1943.

Cent mille soldats marocains sont mobilisés pour
lutter, au sein des armées alliées, contre les forces
de l'Axe. Ils se battent d'abord en Tunisie, en Sicile,
en Corse. Ils se distingueront particulièrement lors de
la campagne d'Italie. La fameuse bataille du Monte
Cassino, c'est d'abord une affaire marocaine.

Tayeb est couché sur le ventre, les yeux braqués
sur le colonel qui commande la section. Le colonel
se soulève légèrement sur les coudes et crie à ses
hommes :

— Baïonnette au canon, préparez-vous pour l'assaut !

Tayeb fixe la baïonnette et se tient prêt.

Au moment où tous les soldats se lèvent, les Allemands lâchent des lampes minutes équipées de para-
chutes. Le colonel, debout, se trouve face à face avec
un Allemand. Il tire, mais ne fait qu'effleurer le soldat
ennemi, qui a en même temps envoyé une grenade
à manche. Le colonel la reçoit sur l'épaule, où elle
ricoche avant de rouler à terre. Il se jette au sol en se

protégeant de son casque et en criant à ses hommes d'une voix rauque :

— À plat ventre !

Ils ont compris immédiatement ce qui se passait. Le sergent Tayeb Fatmi, qui a suivi le colonel dans l'assaut et se trouve derrière lui, n'a pas vu où est tombé l'engin jeté par l'Allemand. Les yeux fermés, les dents serrées, il se jette au sol, les mains agrippant son casque, posé de guingois, et enfouit sa tête juste à côté de la grenade qui semble l'attendre et explose à cet instant même. Une partie du crâne de Tayeb vole en éclats.

Il est laissé pour mort sur le versant où d'autres corps gisent, éventrés ou disloqués. Plusieurs heures plus tard, des ambulanciers trébuchent sur Tayeb. Un cadavre de plus ? Ils le retournent sur le dos avec précaution et constatent qu'il respire encore. Il n'est pas mort, mais il porte de terribles blessures. Son visage n'est qu'une plaie sanglante. On l'évacue vers l'hôpital, dans la confusion générale.

Le colonel et les survivants de la section perdent sa trace. Nul ne semble savoir ce qu'il est devenu. L'armée remonte vers le nord.

À Fès, dans la grande maison tranquille, Massouda somnole, assise à même le sol. Soudain, elle a l'impression qu'une écharde vient de lui pénétrer dans le cœur. Elle se redresse, affolée. Que se passe-t-il ?

La maison est paisible, plongée dans un silence moite à peine troublé par les piaillements d'un oiseau qui a fait son nid sous le toit.

Massouda se calme peu à peu. Sans doute un mauvais rêve.

Elle ne reverra plus Tayeb.

Orsini pense souvent à Tayeb. Il a perdu sa trace, mais croit avoir de ses nouvelles à chaque fois qu'on parle des Marocains qui se battent pour la France. Le 17 décembre 1944, il lit avec émotion cet extrait du *Journal officiel de la République française* :

« [Les Tabors sont une] unité marocaine de la plus grande valeur guerrière, déjà citée à l'ordre de l'armée en Tunisie et en Corse.

« Débarquée le 20 août 1944 sur une dizaine de plages différentes dans la région de Saint-Tropez, est engagée dès le lendemain à 120 kilomètres de là, devant Aubagne, a enlevé la ville en moins de deux jours de lutte sévère et meurtrière. A poussé ensuite, sans désemparer, sur Marseille, forçant du 23 au 28 août les défenses des faubourgs et de la cité qui lui étaient opposées et conquérant par une série de manœuvres hardies et d'assauts allant jusqu'au corps à corps Saint-Marcel, Saint-Loup, la chaîne de Saint-Cyr, le Roucas blanc, le parc Borély, Endoume, la Malmousque et le fort Saint-Nicolas.

« En huit jours de combat, a fait 4 009 prisonniers, dont un général, trois colonels, cent quatre officiers.

« Signé : Charles de Gaulle. »

On estime de dix à quinze mille le nombre de Marocains morts sur les champs de bataille de la Seconde Guerre mondiale.

Il y a de la marge. Comment se fait-il qu'on ne dispose pas d'une statistique plus précise ? Comment se fait-il qu'on ne sache pas exactement combien de Marocains ne sont pas revenus de la guerre ?

Un jeune homme, nommons-le Assou, s'engage dans l'armée française. Fils de grande tente ou débris de tribu vaincue, ne lui donne-t-on pas un matricule ? Il trace son chemin depuis la Sicile jusqu'à Rome, puis il fait la campagne d'Allemagne, puis... La balle qui portait son nom vient de perforer son crâne de bout en bout. Sur un chemin d'Autriche, par une froide matinée de mai 1945, la veille de la capitulation, Assou rend l'âme.

Mais enfin, même si personne ne l'a vu tomber, quelqu'un va remarquer que Assou n'est plus là ? Et s'il est tellement taciturne que personne ne se rend compte de son absence, au moins son supérieur va noter qu'il manque à l'appel ?

Ils sont dans quels limbes, les Marocains manquants ?

Le chrétien est grand, solennel, sanglé dans son uniforme militaire. Il se penche vers un musulman, vêtu d'une djellaba blanche immaculée, qui lui fait face. En arrière-plan, on devine d'autres militaires, d'autres djellabas.

Le général de Gaulle décore le Sultan Mohammed Ben Youssef. Il le fait Compagnon de la Libération. Le général chuchote quelque chose à l'oreille du Sultan, qui, à son tour, murmure quelques mots.

Il demande peut-être des nouvelles des Marocains manquants.

Où est Tayeb ?

14.

Massouda a appris une nouvelle chanson, « Al-Mirikan », c'est-à-dire « Les Américains ». C'est le grand succès de l'année, créé par le chanteur satirique Houssine Slaoui.

Mon Dieu, quelle époque, quelle histoire !
Les Américains ont débarqué,
Tout le monde relève la tête,
On ne tient plus les femmes,
Même les mémés mâchent du chewing-gum,
Les épouses en profitent pour fiche le camp.

Les beaux gosses aux yeux bleus ont débarqué
Les bras chargés de cadeaux,
Des bonbons, des cigares et des dollars itou,
Même les gamines se mettent à l'américain,
On n'entend plus que « OK, OK, come on, bye bye ».

Pour s'amuser, Lalla Ghita fait chanter Massouda au milieu du *riad*, que tout le monde en profite, même les voisins. Tous s'esclaffent quand elle arrive à la fin. *OK, OK, come on, bye bye !*

Elle fait une sorte de salut militaire, la main sur le front, l'autre bras plaqué contre son corps, en se tortillant un peu.

Il y a toujours quelqu'un pour lui lancer :

— Dis-moi, Massouda, parmi ces Américains, il y en a qui sont aussi noirs que toi ! Noirs comme des olives ! Tu es sûre que ce ne sont pas tes cousins ?

Chacun rit de bon cœur. Lalla Ghita fait semblant de les gronder.

— Taisez-vous, vous allez lui donner des idées ! Elle est bien capable de monter sur une *jeep* et de filer avec eux en Amérique.

La minuscule *dadda* est confuse.

— *Ouili, ouili*, Lalla, est-ce que j'ai l'âge de grimper dans des voitures ?

— Voyez comment me répond cette vilaine ! C'est bien ce que je pensais. Si elle était assez souple pour sauter dans la jeep, elle nous aurait plantés là et serait devenue *mirikaniyya* !

— Ce n'est pas en Amérique que je trouverai un maître comme feu *el hadj* et une Lalla comme toi.

Lalla Ghita, émue, se tourne vers l'assemblée.

— Eh bien, mauvaises langues, réjouissez-vous : finalement, Massouda nous préfère à ses cousins noirs.

Ces instants de gaieté sont rares. La plupart du temps, un voile de silence, ou de tristesse, semble recouvrir le *riad* de la rue du Hammam : chacun pense à Tayeb, dont on n'a aucune nouvelle. On craint le pire, mais on évite d'en parler, pour ne pas provoquer le sort.

Le fils de Lalla Ghita n'était pas mort en Italie, ni en France où il passa plusieurs mois de convalescence après sa terrible blessure du Monte Cassino. Il changea plusieurs fois d'hôpital. On rafistola tant bien que mal sa « gueule cassée », mais rien ne put rendre à son regard sa vivacité et son éclat. À quarante ans, Tayeb avait complètement perdu la mémoire. Il ne savait plus qui il était, il ne savait pas ce qu'il faisait dans ces draps blancs, dans cette salle qui sentait le médicament et le Crésyl.

Puis, après la fin de la guerre, il était revenu au pays. Plus exactement, l'armée avait rapatrié ce Marocain amnésique, en compagnie d'autres épaves. Au cours du voyage, qui se fit en bateau, il resta allongé sur une couchette, hagard, silencieux.

Au Maroc, on chercha en vain sa famille. Quand il s'était engagé dans l'armée française, il avait donné son nom complet, Tayeb *ben el hadj* Fatmi *ben* Mohammed Laaroussi Al Fassi. Le fonctionnaire de service avait haussé les épaules et inscrit « Tayeb Fatmi » sur le registre. Curieusement, il s'était dit natif de Fès, alors qu'il croyait être né à Marrakech – ignorant tout de sa naissance anonyme à Agadir. Peut-être n'avait-il pas compris la question ? Peut-être voulait-il brouiller les pistes, qu'on ne sût pas qu'il s'était battu dans l'armée d'Abdelkrim, contre les Français ?

Quoi qu'il en fût, il avait été placé dans un hôpital d'El Jadida, le temps pour l'administration de trouver les traces de sa famille. L'affaire s'éternisant, on finit par l'oublier dans la chambre où il se tenait toute la journée, assis sur une chaise ou allongé sur un lit. Il était si tranquille qu'on ne prenait même pas la peine de fermer la porte de la chambre.

Un soir, il se leva et sortit de sa chambre. Il marcha, le cœur battant, jusqu'à l'entrée de l'hôpital.

Le gardien était occupé à donner des instructions au chauffeur d'un camion qui bloquait l'entrée, le moteur ronronnant. Tayeb se glissa dans la loge du gardien et en sortit par une deuxième porte qui donnait sur la rue. Il alla droit devant lui.

L'administration de l'hôpital constata son absence et la signala à l'administration militaire. Celle-ci fit quelques tentatives pour essayer de retrouver le soldat disparu, mais en vain.

Le dossier fut classé.

Lorsque Lalla Ghita mourut, au début des années 60, ses enfants quittèrent Marrakech pour aller s'installer à Casablanca, la ville bourgeonnante où l'industrie et les affaires prenaient leur essor. Le *riad* passa à des cousins lointains, les Dadouch.

Et Massouda ?

Sentant sa dernière heure arriver, Lalla Ghita avait réclamé d'une voix faible celle qui avait été son esclave et qui était devenue son amie, sa confidente, sa consolation. Elle tâtonna jusqu'à saisir le bras de Massouda.

— Je veux que tu me promettes une chose, murmura-t-elle.

— Tout ce que tu voudras, Lalla.

— Reste ici, dans cette chambre, restes-y des semaines, des années, jusqu'à ce que Tayeb revienne. Il ne doit pas trouver porte close. Les chrétiens nous l'ont pris, ils nous le rendront. Jure-moi sur le Coran que tu resteras dans cette chambre jusqu'à ce que les chrétiens *nous* rendent *notre* fils.

— Je le jure, murmura Massouda en pleurant.

Elle se pencha et murmura dans l'oreille de la mourante :

— Quoi qu'il arrive, je ne bougerai pas de cette chambre tant que les Français n'y auront pas ramené Tayeb.

Lalla Ghita ferma les yeux et rendit l'âme. Quand on vint chercher son corps pour l'inhumer, on s'inquiéta de ne pas trouver la petite femme noire, la dernière compagne de Lalla Ghita. On la chercha pendant des jours, mais ce fut peine perdue.

Massouda était restée dans le *riad*, sans que personne s'en aperçût.

Troisième partie

Le retour

1

Mais vous n'avez rien compris ?

Le silence était revenu dans la chambre d'hôtel où François et Cécile s'étaient lu à tour de rôle le manuscrit. Ils y avaient passé une partie de la nuit, fascinés, parfois songeurs, parfois amusés, relisant certains passages, s'exclamant... François s'ébroua et regarda autour de lui, les yeux plissés, comme s'il avait du mal à reconnaître les lieux ; puis il se leva avec précaution et resta là, indécis. Cécile murmura :

— C'est marrant, j'ai l'impression d'avoir vu un film, un long film. En noir et blanc. Quelle histoire !

— Oui, c'est... c'est *massif.* Je n'arrive pas à trouver le mot qui convient.

— Tu crois qu'il l'a écrit lui-même ?

— Fantôme pour fantôme, il a peut-être celui d'un écrivain dans *sa* maison. Tiens, j'en vois bien un des années 20 ou 30 passer ses années de purgatoire à Marrakech, la plume à la main, à être le nègre d'un Marocain...

Elle sourit, puis se leva à son tour, en bâillant.

— Allez, au pieu ! Demain, il fera jour.

Le lendemain, ils appelèrent Mansour et lui donnèrent

rendez-vous à l'hôtel pour lui rendre son manuscrit. Il leur expliqua qu'il était tenu par des réunions à l'université – les étudiants étaient toujours en grève, on ne savait trop ce qu'il fallait faire, l'administration « siégeait sans désemparer ».

(— Il a vraiment utilisé cette expression ?

— On dirait un compte rendu de séance au Parlement.)

Il les retrouverait le soir, dans le *riad*.

Lorsqu'il arriva, vers les neuf heures du soir, il s'aperçut que la porte n'était pas fermée. Il la poussa, entra dans le vestibule et les trouva assis dans le *bouh*, en train de lire le journal. François leva les yeux.

— Vous avez vu ? On peut même trouver le *Canard* ici.

— Bonne lecture. Elle est toujours là ?

— Allez donc voir.

Il entra dans la petite chambre et n'en ressortit pas. Ils allèrent aux nouvelles et le trouvèrent assis à côté de la vieille dame, la tête penchée vers elle.

— À propos... Compliments ! lui dit Cécile. Vous savez écrire. Non, franchement, c'est... c'est très fort. Et pas une seule faute d'orthographe !

— Merci, répliqua Mansour. J'ai un très bon programme de correction automatique dans mon ordinateur.

Il la regardait avec une lueur amusée dans l'œil.

— Oui, c'est vraiment très bien, affirma François en déployant sa grande carcasse dans la petite chambre. Vous pourriez essayer d'envoyer votre manuscrit à un éditeur. On ne sait jamais. Cela dit, vous nous avez bien eus. Le coup de « je tends l'oreille, j'entends des trucs que vous n'entendez pas... ». Tous ces détails, ces dates, ces noms… La vieille dame n'a rien dit, bien évidemment, c'est vous qui avez tout raconté. Vous nous avez bien dit que vous étiez professeur d'histoire ?

Abarro sourit et ne répondit rien. François reprit :

— Mais soyons beaux joueurs : quelles aventures ! J'ai honte de l'avouer, mais je ne savais pratiquement rien de tout ça…

— Bon, l'interrompit Cécile, on avait quand même entendu parler d'Abdelkrim.

— Oui, surtout des calembours idiots, genre *Abdelkrim ne paie pas*.

Cécile insista :

— Non, non… la guerre du Rif, on connaissait un peu. Et les soldats maghrébins dans l'armée française, on connaît aussi. Il y a ce film sorti il y a quelques années, avec Jamel Debbouze…

— *Indigènes* ?

— Oui, c'est ça, avec l'autre acteur, le bel homme, là…

— Oui, bien sûr, mais… tout ça, toutes ces péripéties ! C'est d'une richesse, d'une complexité…

— C'est vrai, admit Cécile.

Elle se tourna vers Mansour :

— Et comme l'a dit François : bravo pour la supercherie. Je suis sûre que vous aviez ce manuscrit depuis des mois ou des années. C'est quasiment un traité d'histoire. On pourrait se fâcher, mais bon, il n'y a pas mort d'homme, comme disait l'autre. Le mystère reste entier.

Ils bâillèrent simultanément. François soupira :

— Bon, on va se coucher, je suis crevé. On n'a

pratiquement pas dormi cette nuit, à cause de votre manuscrit.

— Et la vieille dame ?

Ils tournèrent tous les trois le regard vers la petite forme immobile dans le coin de la chambre. Cécile chuchota :

— Je rêve ou… (Elle cherchait ses mots.) On la voit à peine ! On dirait qu'elle est en train de disparaître.

— C'est un effet d'optique, affirma François d'un ton mal assuré. La lumière…

— On dirait qu'elle rapetisse !

— Mais non, tu te fais des idées…

— Bon, mais qu'est-ce qu'on fait d'elle ?

— On s'en occupera demain. Il doit bien y avoir une explication à sa présence, une explication, euh, rationnelle…

— Ah bon, il y a des explications qui ne le sont pas ?

François haussa les épaules.

— Franchement, ce n'est pas le moment d'ergoter. On n'est pas en cours de philo.

— Bon, tu disais… ?

— Je disais qu'on n'est pas dans *Les Mille et Une Nuits*, quand même, malgré notre ami « Schéhérazade » ici présent ! Tout s'explique d'une manière ou d'une autre. C'est peut-être un canular ou un piège à touristes… Tiens, on ira voir le consul de France. J'ai vu quelque part qu'il y en avait un à Marrakech.

— C'est idiot, on n'y avait même pas pensé, soupira Cécile. Lui, il doit connaître ce genre de situation. Quelle heure est-il ?

François consulta sa montre.

— Neuf heures et demie. Pas la peine de rentrer à l'hôtel. On pourrait aussi bien dormir ici.

— Mais pas dans cette chambre !

Pendant cet échange, Mansour Abarro avait regardé les deux Français en fronçant les sourcils comme si leur comportement l'étonnait au plus haut point. Il secoua la tête et sortit de la petite chambre. François et Cécile le suivirent dans le jardin. Arrivé à la porte du *riad*, il se retourna et chuchota d'un ton irrité :

— Mais vous n'avez rien compris ?

François et Cécile se regardèrent.

— Compris quoi ? (Qu'est-ce qu'il a à s'énerver, lui ?)

Juste avant de disparaître dans la nuit, Abarro se retourna et leur glissa, toujours chuchotant :

— Je n'ai *rien* inventé. Elle, c'est Massouda. Et elle veut que *vous* rameniez Tayeb.

2

Une visite au consul

Le consul les reçut immédiatement dans son bureau de la rue El Jahed après que sa secrétaire l'eut averti de la présence au rez-de-chaussée de deux Français « en proie à une grande agitation » et qui exigeaient de le voir.

(— Ils ont l'air de quoi, Amina ?

La secrétaire n'avait su que répondre :

— Euh… Ils ont l'air de… Français.

— Mmmm. Bon, allez les chercher.

Pas de vagues, pas de vagues…)

La secrétaire les fit entrer dans une pièce spacieuse aux murs blancs ornés de tableaux orientalistes et dont le plafond était en bois ouvragé multicolore. Ils virent un petit homme vêtu avec recherche, rasé de frais et pomponné, s'avancer vers eux, l'air courtois et attentif. Il leur serra la main, s'enquit de leur identité, émit quelques banalités souriantes (« J'ai bien connu un Girard, autrefois, à Toulouse… »), puis leur fit signe de prendre place dans deux fauteuils club couleur havane. Trônant derrière un grand bureau style Empire encombré de dossiers et de papiers divers, il écouta sans les interrompre ses deux compatriotes lui raconter leurs fantastiques aventures de la rue du Hammam. Les yeux baissés, les sourcils froncés en signe de concentration, il émettait de temps à autre un vague *mmmm*... censé leur indiquer qu'il avait saisi le poids ou l'intérêt de telle ou telle péripétie qu'ils lui narraient avec indignation ; qu'il compatissait devant l'étrangeté de la vie en général et de ses manifestations marrakchies en particulier ; qu'un Hmoudane lui paraissait tout à fait plausible ; son cas pendable ; qu'il était comme eux désarmé devant la tendance qu'ont parfois les choses à ne pas aller droit ; que la Dacia était leur ; qu'il fallait se méfier des historiens locaux qui parlent trop bien le français ; qu'une centenaire dans un *riad* n'était pas, effectivement, ce qu'on avait acheté. Il tournait et retournait un crayon à la pointe effilée entre ses doigts, l'approchant parfois de ses yeux pour s'assurer que c'était bien un crayon, qu'il ne s'était pas transformé en cobra ou en fumée puisque aussi bien, n'est-ce pas, ce qu'on lui racontait là faisait douter de ce que nous rapportent nos cinq sens.

François et Cécile parlaient avec véhémence, s'interrompaient, finissaient l'un la phrase que l'autre avait commencée, tout heureux d'avoir l'oreille de la France, encouragés par tous ces *mmmm*... qu'on leur lançait comme autant de confirmations que, non, ils n'étaient pas fous, que le droit et la justice étaient avec eux, que tout allait s'arranger – et qu'il arriverait, ce jour où ils finiraient par rire de tout cela (« Tu te souviens, à Marrakech, ce truc insensé qui nous était arrivé ? »).

Quand ils eurent fini de parler, le consul attendit un instant, les yeux toujours fixés sur le crayon comme s'il devait maintenant en sortir un *djinn*, puis il leva lentement le regard vers le couple, s'éclaircit la voix et demanda posément :

— Qu'attendez-vous de moi au juste ?

Il y eut un silence. Cécile fut la première à réagir :

— Mais… que vous résolviez notre problème !

Le consul eut un sourire un peu las.

— Vous croyez que c'est là ma mission ?

François intervint avec vigueur :

— Ben oui… Nous sommes français, après tout !

Il hocha la tête.

— Certes. Cela dit, il y a dix mille Français à Marrakech, sans compter les binationaux, les Belges à tout hasard et ceux qui ne prennent pas la peine de s'inscrire au consulat. Vous n'imaginez tout de même pas que c'est à moi de résoudre *tous* leurs problèmes ?

Lisant dans leurs yeux une interrogation qu'ils n'osaient pas formuler mais qui leur brûlait les lèvres (« Mais alors, n… de D…, à quoi servez-vous ? »), il se hâta d'ajouter :

— Ma porte vous est ouverte, venez me voir quand vous aurez un probl… un souci d'ordre consulaire, si j'ose dire ; par exemple si vous avez égaré vos passeports. (Il prit un ton didactique qui irrita François.) Puisque vous vous êtes installés ici, je suis pour vous une sorte de maire et de sous-préfet, tout à la fois, mais avec une différence essentielle d'avec un préfet en territoire français : je ne dispose pas de la force publique. Même si je le voulais, je ne pourrais pas déloger *manu militari* votre… euh, intrus.

Un ange passa pendant que les trois Français se posaient simultanément la même question : « Y a-t-il un féminin d'*intrus* ? *Intruse*, peut-être ? »

Le consul reprit son laïus :

— Les textes disent que j'ai envers vous un devoir d'assistance et de protection, mais, je le répète, ce que vous semblez me demander m'est tout à fait impossible. Nous sommes dans un pays étranger, ne l'oubliez pas. Ami, mais étranger.

Il toussota.

— Maintenant, si vous voulez ester en justice, je peux intervenir sur un point très précis : conformément à la convention de Vienne relative à la protection consulaire, je m'assurerai du juste déroulement de toute procédure vous impliquant.

Il se retint d'ajouter « Je pourrais même vous rendre visite en prison », une phrase saugrenue qui s'était formée dans sa tête et qu'il se hâta de chasser de son esprit.

Pas de vagues, pas de vagues...

François et Cécile prirent froidement congé du consul. Ils allèrent grignoter un sandwich au restaurant Argana, sur la place Jemaa el-Fna. Cécile demanda à son mari :

— Tu connais l'histoire de Paul Claudel à Tientsin ?

— Non. Raconte.

— Claudel est donc consul à Tientsin en je ne sais trop quelle année, disons au début du siècle, dans les années 1900... Après s'être installé, avoir rangé ses livres, rendu visite à ses homologues et exploré la ville, après plusieurs semaines donc, il commence à s'inquiéter : Paris semble l'avoir oublié. Il envoie un câble demandant des instructions. « Que dois-je faire ? », demande-t-il. Il reçoit dans la minute un télégramme du Quai d'Orsay, en lettres majuscules : « SURTOUT NE FAITES RIEN. »

Ils rirent de bon cœur, comme pour se venger de leur déconvenue.

— Ils ont dû dire la même chose au consul de Marrakech…

— T'as vu comme il est tout propre et pommadé ?

— C'est Frey-la-houppette…

— C'est un collègue de Claudel qu'on a oublié ici depuis un siècle…

— Tu connais l'axiome du Quai d'Orsay ?

— Non…

— « Pour être un bon diplomate, il ne suffit pas d'être bête. Encore faut-il être poli. »

Leurs éclats de rire alertent le patron de l'Argana, qui vient en terrasse voir de quoi il retourne.

Bah, des touristes qui ont fumé un joint de trop…

3

La rumeur enfle

François et Cécile, répondant à une invitation dix fois renouvelée, finirent par quitter leur hôtel et allèrent s'installer chez Mansour Abarro, qui vivait seul au milieu de ses chats. Après quelques semaines, ils louèrent un minuscule appartement meublé dans le quartier de Guéliz pour « voir venir », comme le répétait François avec une gaieté un peu forcée.

— Plutôt pour « voir partir », répliqua un jour Cécile.

— Partir qui ?

— Mais… *elle* !

Les jours passèrent. De guerre lasse, ils essayèrent de revendre le *riad*, mais ce fut peine perdue parce qu'une rumeur folle s'était répandue dans Marrakech comme une traînée de cumin : le numéro 7 de la rue du Hammam était hanté…

— *Astaghfiru'llah !* Par qui ?

— Par l'âme d'une ancienne esclave !

— Dieu nous protège !

Les interprétations allaient bon train, aussi rapidement que les inventions, les supputations et les délires.

Les uns disaient que cette *dadda* avait été jadis enfermée dans une jarre pour la punir d'un menu larcin ; on l'y avait oubliée jusqu'à son trépas par étouffement (*meskina !*) ; et son esprit réclamait depuis ce jour funeste qu'on punît les coupables.

D'autres affirmaient que c'était l'âme même du *riad* (pourquoi les maisons n'auraient-elles pas d'âme ?) qui s'était incarnée pour imposer aux chrétiens, les nouveaux propriétaires, qu'ils respectent le souvenir des générations qui s'étaient succédé dans cet endroit – et, par extension, qu'ils respectent la ville, le pays, le peuple...

— *Wa* c'est vrai, quoi, on n'est plus chez nous.

— Les Français sont les bienvenus, mais à condition qu'ils respectent nos coutumes...

— ... et notre morale...

— ... et la religion ! *Ma t'n'sawch* la religion !

(On s'échauffait rapidement à parler de ces choses.)

Quelques esprits forts, du côté de la ville nouvelle, réfutaient ces billevesées...

— *Ch'nou ?* Des fantômes, au XXe siècle ?

— *Wa rah* on est déjà au XXIe siècle.

— *Wa ghir* la force de l'habitude.

... et soutenaient que l'aïeule était une pauvre vieille femme sans famille qui s'était installée dans les lieux à la faveur du changement de propriétaire : elle n'avait eu qu'à se glisser à l'intérieur du *riad* au moment où l'agent immobilier « faisait visiter » – sans doute n'avait-il pas pris la peine de refermer la porte d'entrée. Chacun avait une anecdote similaire à narrer, tant et si bien qu'on aurait fini par croire que chaque maison de Marrakech avait son intrus(e) chargé(e) d'ans.

Le correspondant de *La Nation islamique* affirma que toute l'affaire était pure affabulation des deux Français (« les faux époux Girard ») pour « semer le trouble » – une expression qui semblait lui plaire puisqu'elle revenait plusieurs fois dans son article. Les deux aventuriers – des agents secrets, probablement, à moins qu'ils ne fussent des suppôts de Satan, ou même, tant qu'à faire, tout cela à la fois –, les deux aventuriers, donc, avaient eux-mêmes installé à demeure l'intrus(e) dans le but évident de « semer le trouble » dans notre bonne ville de Marrakech, connue pour la piété de ses habitants « depuis des temps immémoriaux » – belle expression qu'il gâchait un peu en ajoutant « depuis Youssef Ibn Tachfine ». La démonstration était implacable : la manœuvre « insidieuse » des faux époux Girard faisait partie du « vil complot occidental » destiné, dans sa version kabylo-sioniste, à « semer le trouble » dans le cœur des vrais croyants, à les détourner du droit chemin et à en faire des athées mangeurs de porc. En conclusion, tonnait-il dans le dernier paragraphe de son exposé, lequel paragraphe était imprimé en caractères gras et noirs comme une Révélation en habits de deuil, en conclusion, tonnait-il, et on n'avait aucune peine à imaginer la barbe au vent et l'index dressé, en conclusion, tonnait-il, cette machination infernale n'avait, tout bien considéré, qu'une seule finalité : « semer le trouble ».

Le Matin du Sahara n'allait pas jusque-là. On sentait en lisant sa prose chantournée que le correspondant marrakchi de l'auguste quotidien, connu pour son approche circonspecte de tout événement qui agitait le Royaume, était un peu gêné aux entournures. Son article, intitulé « Raison garder » – sans qu'on comprît exactement pourquoi –, se divisait en deux parties. Nous avons besoin des touristes et des milliards en devises qu'ils rapportent, rappelait-il en préambule ; nous avons nos traditions d'hospitalité et d'accueil de l'Autre (suivaient mille exemples) ; nous ne jetons pas la première pierre ; ni la deuxième ; ni même la troisième ; mais enfin, quoi, qu'est-ce ; quand le diable y serait ; n'est-ce pas aussi le devoir de nos hôtes les touristes de faire preuve d'un peu de retenue ? Qu'avaient-ils, ces deux-là, à dénicher des fantômes ?

Le correspondant du journal des communistes faisait magistralement une analyse marxiste des événements. On y retrouvait l'explication du monde en « base » et « superstructure », la dénonciation de cet opium du peuple qu'est la « superstition » (on n'osait plus dire la « religion » depuis la montée de l'islamisme), l'évocation de l'esclavagisme en tant que forme la plus abjecte de l'exploitation de l'homme par l'homme, et quelques aphorismes de Lénine ou de Gramsci qui s'appliquaient de façon évidente à l'affaire de la rue du Hammam. Le tout débouchait sur une conclusion d'autant plus irréfutable qu'il fallait aller la chercher en page 17, une colonne en première page s'avérant trop courte pour contenir toute la démonstration. En page 17, donc, et après être passé par la page des sports et « Aujourd'hui Madame », après avoir été tenté par le sudoku de la page 12 et les blagues du courrier des jeunes, on apprenait enfin que l'affaire de la rue du Hammam n'était qu'un leurre – c'était d'ailleurs le titre de l'article : « Le leurre » –, une manœuvre, un piège, un écran de fumée – le correspondant du quotidien communiste était réputé pour la richesse de son vocabulaire et il ne craignait pas la redondance –, ayant pour but de détourner l'attention d'un épisode de la lutte des classes qui se déroulait dans la banlieue de Marrakech : les ouvriers de l'usine de ciment étaient en grève.

La télévision se distingua : elle n'évoqua pas l'affaire. Les directeurs de programmes, blanchis sous le harnois des fantasias de Hassan II – époque révolue mais pas sous tous les crânes... –, les directeurs des programmes, prudents comme des Sioux, se turent en chœur dans toutes les langues du Royaume. Marrakech ? Des touristes français ? Ouh là, il est urgent d'attendre. D'où souffle le vent ? Quelle est la mélodie ? Ils se turent donc. Ils croyaient ainsi anticiper un ordre venu « d'en haut », qui viendrait incessamment, on l'attend, le voici, le voilà, le téléphone va bientôt sonner – ordre d'autant plus contraignant qu'il ne vint jamais, acquérant ainsi le statut de l'ineffable ; car qui oserait contester l'inexprimé quand celui qui se tait est Celui que vous savez ?

Les simples pékins, les promeneurs de l'avenue Mohammed-V avaient chacun leur version, qu'ils troquaient volontiers pour des versions plus excitantes au fur et à mesure qu'ils croisaient leurs amis le long de l'avenue – amis, famille, simples connaissances, tout faisait synapse – de sorte que cent versions apparaissaient d'abord au tout début de la grande voie, à la hauteur de la Koutoubia ; qu'elles s'étiolaient au contact les unes des autres lorsqu'elles manquaient de vigueur, et disparaissaient dans un soupir ou un dernier sursaut ; qu'au contraire elles s'épanouissaient d'être plus étonnantes, plus succulentes, que leurs rivales du moment, leurs concurrentes du contact furtif ; de sorte qu'au bout de l'avenue, vers la place du 16-Novembre, ne subsistait, par les effets de la sélection naturelle, que la plus extraordinaire des versions, transmise comme un germe, portée d'homme en homme, chacun n'étant au fond que cela : un conduit, un tuyau, un support, au service de l'Idée universelle, celle qui était – elle se révélait enfin ! – le but de l'aller simple sur l'artère royale, l'oméga des frayeurs délicieuses. Cependant, la foule circulait dans les deux sens de l'avenue, ce qui est regrettable pour celui qui cherche la chaude unanimité des avis et des opinions, car dans le sens opposé, c'est-à-dire de la place du 16-Novembre à la Koutoubia, naissait, croissait, embellissait de manière similaire une autre version, au moins aussi extraordinaire que celle qui avait crû de la Koutoubia au 16-Novembre ; et à la fin du jour, c'était *deux* versions qui avaient survécu, deux religions qui s'étaient faites, l'une en la place, loin du temple, profane donc, mais avec ses dévots trépignants ; l'autre en la mosquée, avec ses témoins prêts à se faire tuer.

Tous convenaient, lorsqu'on les pressait de questions, que Dieu seul connaissait la vérité. Mais personne ne remettait en question ce fait indéniable : la maison était hantée. Le commissaire Chaâbane était là pour en témoigner ; ou plutôt son bras, qui pendait le long de son corps, était la preuve, plus morte que vivante, de ce qu'on murmurait sur son passage. On montrait aussi du doigt les cheveux du commissaire, qui avaient blanchi (disait-on) en une seule nuit : les professeurs de sciences naturelles de l'université Cadi-Ayyad avaient beau démontrer au vain peuple que c'était impossible, que ça ne s'était jamais vu, le peuple, de plus en plus vain, maintenait mordicus, en la place du 16-Novembre comme devant la Koutoubia, que le poil chaâbanesque avait subi cette métamorphose instantanée – et si ça ne s'était jamais vu sous d'autres latitudes, eh bien, cela prouvait quoi ? Cela prouvait que Marrakech était unique – vous en doutiez ? – et on était fier, alors, de nos fantômes qui en remontreraient à ceux d'Écosse – peuh, les Écossais... Même ceux qui n'avaient jamais vu Chaâbane ni sa chevelure avant ce jour fatidique où il avait suivi le couple jusqu'au *riad* ne l'en *voyaient* pas moins arborant une toison de jais au moment où il poussait la porte. Et le commissaire lui-même, que disait-il ? Eh bien, il ne répondait rien, le pauvre homme, quand on lui adressait la parole. Il avait pris une retraite anticipée – ou peut-être avait-il été poussé vers la sortie... – et passait désormais ses journées dans un état d'hébétude pitoyable dans un coin de la Koutoubia, justement, assis sur une natte, les yeux dans le vide. Peut-être priait-il pour le salut de son âme, s'il en avait une.

Comme tous les autres agents immobiliers, Hmoudane refusa de prendre en charge la vente du *riad*.

— *Baâdou menni !* criait-il dès qu'il apercevait François et Cécile en projetant ses deux bras en avant comme pour repousser un assaut d'ectoplasmes.

Ceux-ci connaissaient maintenant assez de dialecte marocain pour comprendre que cela signifiait : « Éloignez-vous de moi ! »

François essaya de parlementer :

— On est prêts à subir une moins-value...

— *Baâdou menni !*

— On vous donne 10 %...

— *Baâdou menni !*

D'autres se seraient découragés, eux-mêmes eurent la tentation de tout abandonner et de retrouver au bout de trois heures de vol « Paname » et leur vue imprenable sur le parc de Belleville. Plutôt cette morosité que ces aventures abracadabrantesques dans le pays des Maures ! Ils décidèrent pourtant de rester à Marrakech pour tirer l'affaire au clair. Troublés plus qu'ils n'avaient voulu l'avouer par le long récit de Mansour Abarro, ils allèrent dans les librairies de la ville acheter des livres se rapportant à l'histoire du Maroc. Ils s'intéressèrent plus particulièrement au XXe siècle et à la période du Protectorat français. Bientôt le petit appartement de Guéliz fut encombré de livres, de brochures, de vieux journaux, d'affiches jaunies. Ils avaient tout le temps de lire, d'échanger leurs impressions, de demander à Mansour des détails sur tel ou tel personnage.

Cela devint rapidement une passion. Ils acquirent traités et monographies, cartes et portulans, accumulèrent les photocopies quand ils ne pouvaient acheter, prirent des centaines de notes dans des petits calepins. Ils firent plusieurs voyages entre la France et le Maroc, allèrent au château de Vincennes consulter de vieux papiers au Service historique des armées. On leur indiqua un marchand, spécialisé dans les insignes et les décorations de la France coloniale, qui tenait boutique du côté de Mouton-Duvernet. Ils raflèrent tout ce qui se rapportait au Maroc.

De temps en temps, ils allaient dîner chez Mansour Abarro. Ils étaient maintenant incollables sur les dynasties qui s'étaient succédé entre l'Atlantique et l'Atlas (« Il faut distinguer les grandes dynasties berbères, les Almoravides et les Almohades, des empires chérifiens, ceux des Saâdiens et des Alaouites... »), et plus encore sur les annales militaires et la guerre du Rif. Parfois, avant de prendre congé, une saynète se jouait rapidement, un échange de phrases entre François et son hôte. C'était toujours une version de ce dialogue :

— Alors, *elle* est toujours là ?

— Toujours.

— Qui la nourrit ?

— Allons, tu sais bien (les deux hommes se tutoyaient à présent) que ça reste un mystère.

— Avoue que c'est toi.

— Si ça peut te faire plaisir, mais ce ne serait pas la vérité.

— Une voisine ?

— La seule qui s'est risquée à pénétrer dans le *riad* a f... le camp, tu le sais bien, dès le premier jour et elle n'est jamais revenue.

— Pourquoi donc ? La vieille dame est inoffensive.

— Cohabiter avec un esprit ? Tu connais mal not' bon peuple. D'ailleurs, vous non plus, vous n'avez pas voulu dormir dans le *riad*...

Les deux Français prirent l'habitude d'aller dîner dans un restaurant niché sur la terrasse d'une vieille maison, à deux pas de la place Jemaa el-Fna. Après le repas, ils restaient sur la terrasse, à demi étendus sur des coussins moelleux posés à même le sol. Les yeux ouverts sur l'immensité du ciel étoilé, ils murmuraient quelques mots, presque pour eux-mêmes, se répondaient ou se taisaient, s'endormant parfois jusqu'à ce que le propriétaire vînt les réveiller. Le restaurant fermait. Ils rentraient à pied, dans la nuit chaude.

— Tu te souviens, François, de ce jour où j'ai, euh..
découvert la vieille dame dans la chambre du fond ?

— Oui ?

— On a tout de suite pensé à une sorte de squatteur,
toi et moi... Le consul a parlé d'intrus...

— Et alors ?

Cécile hésita.

— Tu te rends bien compte que c'était nous, les
intrus ?

Elle décida de finir le récit de Mansour. Après tout,
elle était venue à Marrakech avec l'intention d'écrire.
Imaginer ce qui était arrivé à Tayeb après sa disparition
serait peut-être le début d'un roman ? François hocha
la tête en signe d'approbation, puis il demanda :

— Comment tu envisages la fin de l'histoire ?
Après tout, on a perdu sa trace, à ce bonhomme.

Cécile fit la moue.

— Là, ce n'est pas évident. Il disparaît et... C'était
quoi, la phrase de Foucault ?

— Quelle phrase de Foucault ? Il en a écrit des
milliers...

— Idiot ! Celle qu'on répète toujours... À la fin de
son bouquin, là... *Les Mots et les Choses* : l'homme
s'effacera « comme à la limite de la mer un visage
de sable ». Je vois bien Tayeb finir paisiblement sur
une plage... Une plage isolée, avec un chien comme
compagnon... Tout ce qu'on sait, tout ce que Mansour nous a raconté, c'est que Tayeb est allé se battre
en uniforme français et qu'il a été gravement blessé
sur les pentes du mont Cassin... ou plutôt du *Monte
Cassino*, il faudra garder le nom italien, sinon ça fait
très étape du Tour de France, le mont Cassin, on ima-

gine des types shootés jusqu'aux sourcils le monter en danseuse... Et puis on l'a ramené dans son pays, totalement amnésique, et un jour, pfuiiiit !

— Et pourquoi il aurait fini sur une plage, *ton* Tayeb ?

Elle fronça les sourcils, puis répliqua :

— Je ne sais pas... Parce qu'une plage, entre la terre et l'eau, c'est entre deux mondes, ce n'est ni l'un ni l'autre...

François avala une gorgée de jus d'orange.

— Si tu écris ce... récit, n'oublie pas de mentionner Mansour dans les remerciements. Peut-être faudra-t-il lui payer des droits ?

— Ouais... En même temps, il prétend n'avoir rien fait d'autre que dire à haute voix ce que lui « transmettait » Massouda. Je le prends au mot : tout cela ne lui appartient donc pas plus qu'à moi. Nous sommes tous des braconniers d'histoires. Demain, je m'y mets.

4

La fin de Tayeb

Tayeb vit sur une plage – pas celle, immense et ouverte à tous, d'El-Jadida, mais une autre, au sud de la ville, du côté de Jorf Lasfar, une plage sauvage et peu fréquentée, où nul ne lui cherche noise, où des semaines entières s'écoulent sans que personne y passe car on murmure qu'elle est hantée par des fantômes, peut-être même par le spectre de Aïcha Qandisha, cette guerrière légendaire qui se dressa contre l'envahisseur européen, il y a des siècles.

L'homme à la gueule cassée, l'homme sans mémoire y a construit une petite hutte, si humble, si fragile que les gendarmes, qui passent parfois sur une petite route en surplomb de la plage, ne prennent pas la peine de la détruire, comptant peut-être sur la marée d'équinoxe ou le chergui *pour la disperser aux quatre vents.*

Il vit dans sa hutte avec son chien, une bête efflanquée et peureuse, au pelage sale et dégarni, et qui n'aboie que rarement. Mais est-ce vraiment son chien ? À les voir tous deux allongés sur le sable, tous deux également silencieux, tous deux immobiles, l'un pas plus gros que l'autre, on se demande qui possède qui,

196

et puis on a honte de s'être posé la question. Tayeb, qui n'a pas l'air de se nourrir, ne semble pas non plus nourrir son chien.

— De quoi vivent-ils, ces deux-là ? se demandent les gendarmes.

Puis ils haussent les épaules et passent leur chemin.

Le vieil homme ne possède que quelques objets sans âge, sans utilité évidente et qui ne tentent pas les voleurs. Pendant la journée, il se réfugie dans un creux entre deux dunes, protégeant du soleil sa pauvre tête défoncée à l'aide de papier, de plastique, de carton, d'algues, à l'aide de tout ce que lui apporte le vent. Son chien le rejoint, hésitant. Engloutis par les vagues de sable, ils disparaissent du monde. Peut-être l'homme garde-t-il un œil sur la mer, peut-être rêvasse-t-il ? Peut-être revit-il éternellement la bataille du Monte Cassino et ce moment fatal où la déflagration emporta son cerveau ? Comment savoir ? Les gendarmes qui patrouillent en surplomb haussent les épaules. Où est donc passé ce vieux fou ? Parfois, un bateau apparaît, qui se dirige vers le port d'El-Jadida. Il orne la ligne de l'horizon pendant un quart d'heure, se dandinant comme un éphèbe, ou bien, par temps calme, filant droit sans broncher, comme une matrone sévère. Tayeb se redresse alors légèrement, imité par son chien. Appuyé sur le coude, il suit du regard la nef qui va. Se souvient-il que c'est un navire qui l'a emporté, il y a des lustres, de Casablanca aux côtes de l'Europe, vers son destin tragique ?

Vers la fin de l'après-midi, Tayeb disparaît pendant une petite heure. Peut-être s'en va-t-il vers la ville. Peut-être va-t-il farfouiller dans les cageots d'invendus du marché des Français, qui se trouve à mi-chemin de la ville basse et du plateau. Il pêche alors une tomate à demi pourrie ou une pomme sure entre deux planches. Voilà résolue la question du ravitaillement. Et le chien ? Le vieil homme lui rapportera peut-être un os jeté dans les immondices par le boucher. Finalement, c'est peut-être bien son chien, s'il le nourrit. Autrefois, il y a des siècles, les ancêtres de Tayeb faisaient allégeance tacite, dès leur naissance, à leur tribu. En échange, elle les nourrissait et leur assurait sa protection. Dans l'âme dévastée du vieil homme, dans ce labyrinthe obscur, ce savoir-là ne s'est pas perdu.

À la nuit tombée, il revient vers sa plage. Il s'assied sur le sable et allume le mégot qu'il a ramassé au marché des Français. C'est un geste qu'il a appris à faire il y a bien longtemps, dès ses premiers jours de bidasse, au régiment. Fumer était de rigueur. On ne donnait pas de « pinard » aux musulmans – à regret, pour la hiérarchie, car un soldat plein de pinard est un soldat debout, qui « en a dans le ventre » et court à l'ennemi se faire hacher menu... Au moins le tabac leur était-il permis, à ces diables de mahométans, alors on avait le geste large et eux aussi s'en allaient braver le plomb et l'acier, les poumons en feu, comme drogués par l'herbe à Nicot. Aujourd'hui, Tayeb n'a plus de bataille à livrer, il les a toutes perdues, en un instant, au pied d'un couvent italien, mais le mégot est resté sa consolation. La fumée âcre lui brûle les poumons, il tousse, il crache ; pendant quelques instants, il se sent revivre, quelques voix d'antan murmurent des mots inconnus dans ses oreilles. Des ordres, peut-être ? Des contrordres ? Il reste aux aguets, mais ces sons ne prennent jamais forme.

Il prend la petite bouteille d'alcool à 90° qu'il tient enfouie dans le sable, à côté de la hutte, et qu'il a sans doute dérobée chez un épicier, et avale une lampée. Quand a-t-il, pour la première fois, avalé de l'eau de feu ? Mystère. Même Orsini n'avait pas réussi à lui faire boire la moindre goutte d'alcool, dans sa jeunesse, à Marrakech. C'est peut-être après avoir perdu la tête, quand les interdits de Dieu et ses recommandations se sont évaporés dans le ciel du Latium... La brûlure s'avive encore, il sent ses boyaux s'enflammer à leur tour. La brise qui souffle de la mer, chargée d'iode, rafraîchit son visage.

Peut-être a-t-il des hallucinations, après la première gorgée ? On peut imaginer un sentiment indéfinissable qui ressemblerait à de la nostalgie mêlée de désespoir, qui bousculerait son âme comme la houle, au loin, roule les galets. Des images aveuglantes, à peine compréhensibles, perceraient ses yeux fermés que piquent quelques larmes. Il se verrait juché sur un coursier, il s'imaginerait brandir un fusil et, piquant des deux, s'élancer dans un baroud d'enfer, comme dans les récits que faisait son père, le hadj *Fatmi, lorsqu'il décrivait à ses enfants, assis en cercle autour de lui, les* foutouhât, *les grandes conquêtes de l'islam des premiers siècles.*

Ou peut-être est-ce une image du djihad *contre les Espagnols et les Français, sous les ordres d'Abdelkrim, en ces années exaltantes où il n'était qu'un adolescent mais avait la vigueur d'un pur-sang ? Est-ce, plus banalement, le chromo d'une fantasia de* moussem *? Et d'abord, est-ce bien lui, ce fier cavalier ? Comment le savoir ? C'est peut-être son père, ou son grand-père, ou l'ancêtre qui a donné son nom à la tribu...*

mais tous ces hommes dont il ne se souvient plus, cette lignée droite et vertueuse, elle a fondu comme des soldats de plomb livrés au bûcher de la guerre des autres, elle s'est fondue en un seul magma qui lui brûle l'estomac, et ce magma est bien la seule notion qu'il a d'être encore, d'être quelqu'un, il ne sait pas qui, mais quelqu'un.

Les yeux toujours fermés, il avale une autre gorgée d'alcool. De nouveau, la brûlure familière et apprivoisée lui déchire les entrailles. De nouveau, il sent l'apaisement du vent sur ses joues maigres. Le monde châtie, puis il console.

Il voit maintenant une forêt de cèdres s'étendre majestueuse sur les flancs d'une grande montagne, il ne sait plus qu'il l'a traversée pour aller rejoindre Abdelkrim... puis une immense palmeraie sur laquelle règne un pacha cruel et munificent, un pacha dont l'Histoire s'efforce de gommer le nom... et au loin les cimes de l'Atlas, il marche, il marche les boyaux serrés par l'appréhension, il s'engage dans une ruelle étroite qui mène à une porte peinte en vert, au milieu de laquelle pend un heurtoir en forme de main tenant une petite boule de cuivre. Sait-il que c'est la porte du riad où il a grandi ? Comme chaque fois que la vision surgit, il fait un effort surhumain pour se saisir du heurtoir qui l'amusait tant quand il était enfant, pour pousser la porte – mais en vain. Les larmes lui montent aux yeux, puis les images s'estompent.

La nuit est maintenant tombée, les étoiles s'allumeront bientôt une à une, l'obscurité apaisera les flots. Tayeb n'entend plus qu'une vague rumeur de vagues et il ne sait plus s'il voit ce qu'il voit ou si ses yeux le trahissent, il ne sait plus où finit son corps et où

200

commencent la plage et la mer, c'est peut-être sa poitrine que l'étrave d'un navire déchire, en une incision nette et élégante, comme celle que fit un chirurgien militaire dans un hôpital italien... Il rêve, sans doute. Comment pourrait-il apercevoir, en cette nuit sans lune, un vrai vaisseau fendre les flots, là-bas ?

D'où vient ce navire ? Où s'en va-t-il ? Voilà bien des questions qu'il ne se pose pas. Ce Dehors d'où sont venus les Français, il y a bien longtemps, il est allé le voir, le libérer même, et il y a laissé sa vie – ou presque. Il n'a pas d'avenir et il ne sait même plus qu'il a un passé, celui d'hommes qui lui ressemblent, un passé immense de noblesse, de générosité, de virilité, c'est une longue cavalcade d'hommes, de montures et de poussière, millions de centaures arrivant au galop de l'est et du sud, déboulant sur les plaines, entrant dans la mer jusqu'au poitrail, occupant les promontoires. Mais Tayeb vit au présent, un présent éternel qui dure, chaque fois, l'espace d'une journée. La grenade de l'Allemand a mis fin au temps.

Parfois, des hommes passent sur la plage, malgré la malédiction, ils sont souvent en groupe, à la recherche d'épaves ou de lichens. Ils découvrent Tayeb, se concertent, font mine de s'approcher, puis ils aperçoivent le chien et tournent les talons. Parfois encore, très rarement, des étrangers en quête de solitude surgissent, ils déroulent des serviettes de bain sur le sable et vont nager dans les vagues, des vagues ni bleues ni vertes mais mordorées, parce qu'elles soulèvent le sable et le portent à la lumière. Les étrangers reviennent, tout heureux de s'être rafraîchis dans l'océan. Certains viennent se planter devant Tayeb – les chrétiens ne semblent pas craindre les chiens –, ils lui sourient, malgré la blessure hideuse qui le défigure, et tentent d'engager la conversation.

Tayeb les regarde en silence. Il ne leur fait pas plus confiance qu'aux chercheurs d'épaves. Il ne comprend pas plus la présence des uns que celle des autres. Qui sont ces corps qui ne portent pas d'uniforme ? D'ailleurs, qu'aurait-il à leur dire ? Parfois, l'étranger s'obstine, il prononce avec maladresse quelques mots d'arabe ou de berbère. Le vieil homme, assis sur le sable, ne l'entend pas, ne le regarde même pas. L'intrus hausse les épaules et s'en va. « Ce n'est rien, tout juste un vieux bonhomme un peu dérangé. » Oui, c'est vous qui le dérangez. Sur son petit bout de plage – c'est tout ce qui lui reste d'un grand pays déchiqueté par une petite grenade – Tayeb ne rêve plus, mais l'étranger pourrait rêver pour Tayeb, il doit bien ça à l'homme qui s'est porté autrefois à sa défense, à la défense de son univers, même s'ils n'en savent rien, ni l'un ni l'autre. Tout recommencerait, mais il aurait enfoui son visage ailleurs, ce jour-là, sur ce versant du Monte Cassino et, le soir venu, il aurait été compté parmi les vainqueurs. On l'aurait vu galopant dans la plaine incendiée de lumière, soleil ou lune, qu'importe, le fusil érigé au bout de son bras tendu, avec, au loin, comme une muraille sombre, les premiers éléments d'une immense forêt de cèdres et les neiges de l'Atlas, Afrique et Europe mêlées dans une géographie de l'apothéose.

Tayeb vécut pendant plus de vingt ans sur sa plage. Il eut plusieurs chiens, des bâtards errants qui s'attachaient à lui, il survécut au froid de l'hiver, à la canicule de l'été, aux restes avariés qu'il avalait sans même les mâcher. *Et puis un jour, alors qu'il s'était avancé au bord de l'eau, son cœur cessa de battre, il ploya les genoux et s'affaissa lentement sur le sable humide. C'était la marée basse. Le ressac emporta son corps frêle vers le grand large. Son chien vint flairer la mer et laissa échapper quelques jappements inquiets.*

Dans un riad, à Marrakech, les Dadouch entendirent distinctement un sanglot, ou un cri étouffé, résonner dans la chambre du fond.

Pourtant, elle était vide.

5

L'inauguration

— Cela fera bientôt un an que nous sommes ici, remarqua un jour François pendant qu'il prenait un café sur la place Jemaa el-Fna. Nous n'avons plus d'argent. Ton livre n'avance pas, excuse-moi de te le dire.

— Ce n'est pas facile, surtout quand on commence par la fin...

— On a exploré toute la vallée de l'Ourika, on a grimpé l'Oukaïmeden, on est allés à Ouarzazate, on a fait les gorges du Dadès, on a vu Zagora et ce qui reste de Sijilmassa...

Ils se regardèrent en silence. Cécile murmura :

— J'ai l'impression que notre belle aventure marrakchie est finie.

François aspira une gorgée de café.

— On rentre ?

— On rentre.

Ils attendirent un instant. Qui allait *en* parler le premier ?

— Et le *riad* ?

Ils l'avaient dit en même temps.

Ce fut Mansour Abarro qui leur suggéra une solution.

— Pourquoi ne pas le transformer en « Musée des tirailleurs marocains », ou « des goumiers », ou quelque chose comme ça ? Vous avez tellement de documents sur la question, maintenant... Et tous ces objets, ces médailles, ces uniformes... Ce serait parfait, les dimensions du *riad* conviennent exactement à un projet pareil. Vous en resterez propriétaires, de toute façon. Et puis, dans quelques années, quand tout le monde aura oublié cette histoire, vous aviserez. Il aura peut-être doublé de valeur.

François et Cécile furent immédiatement séduits par l'idée.

— Mais, dans la pratique, comment cela se fait ?

— C'est simple : vous mettez les murs et vos archives à la disposition de la ville et elle se chargera du reste, du transport des documents dans le *riad*, de la gestion, de l'entretien, de l'exploitation. Je connais le maire, on est du même parti politique, je peux arranger ça. Et je suis sûr qu'ils mettront une petite plaque en cuivre avec vos noms dessus pour vous remercier.

Les deux Français se récrièrent en même temps, produisant une phrase enchevêtrée

— Surtout (oh non !) pas ! On ne veut pas être poursuivis par des esprits (des fantômes !) jusqu'à la consommation des siècles (Merci bien !). Comme dans ce film... (Comme dans le bouquin)... dans « la malédiction de la pyramide » (avec Machin...)

Mansour Abarro éclata de rire.

— Vous êtes superstitieux ?

— Non, répondit François avec un sourire, mais il paraît que ça marche même quand on n'y croit pas.

Un an après leur arrivée à Marrakech, ils remettaient donc leurs archives et les clés du *riad* à la ville de Marrakech. Quelques jours plus tard, une petite cérémonie fut organisée dans « le Musée », malgré les objections des deux Français qui appréhendaient de revoir la vieille dame et qui auraient préféré que tout se fît à la mairie ou dans un hôtel.

Les édiles arrivèrent à pied dans la ruelle tortueuse, suivis par quelques journalistes et quelques curieux. On mit un *mokhazni* à la porte pour ne laisser passer que ceux qui pouvaient exhiber un carton d'invitation ou une carte de presse. Le petit groupe alla de pièce en pièce contempler les objets exposés, les cartes accrochées aux murs, les photographies, les uniformes protégés par des vitrines. Les services de la mairie avaient bien fait les choses.

Au moment où la délégation entrait dans la petite chambre du fond, François et Cécile restèrent sur le seuil, s'attendant à entendre soudain des cris de surprise ou d'effroi. Il n'en fut rien. Les officiels sortirent après quelques minutes, souriant, bavardant, commentant les objets et les photographies qu'ils venaient de regarder. François et Cécile entrèrent à leur tour dans la petite chambre et la balayèrent du regard.

Rien !

La vieille dame n'était plus là.

Et pourtant Mansour Abarro leur avait assuré qu'elle y était encore la semaine précédente.

Au milieu du patio, protégé du soleil par une

sorte d'ombrelle que tenait un de ses collaborateurs, le maire fit un discours dans lequel il remercia M. et Mme Girard pour leur générosité et « l'éclatant exemple d'amitié franco-marocaine » que donnaient ces deux « éminents historiens ». François et Cécile échangèrent un regard amusé. Après son discours et les quelques mots embarrassés que prononça à son tour François, le maire s'approcha de lui, un verre de jus d'orange à la main.

— Dites-moi, monsieur Girard, cette histoire de fantôme ?

— Bah…, éluda François.

Le maire insista :

— Le professeur Abarro, qui est mon camarade de parti et pour qui j'ai beaucoup d'estime, m'a assuré qu'il l'avait vu. Mieux : ce fantôme aurait exigé quelque chose de vous ?

François ne savait pas si le maire faisait l'idiot pour lui tirer les vers du nez ou s'il ne savait vraiment rien de cette histoire qui avait fait le tour de Marrakech. Il résuma en quelques phrases leurs tribulations dans la cité de Youssef Ibn Tachfine.

Le maire aspira une gorgée de jus d'orange. Ses sourcils se joignaient au-dessus de ses yeux plissés comme s'il s'efforçait de résoudre un problème ardu.

— Donc, reprit-il, si aujourd'hui la vieille dame a disparu, c'est que vous lui avez ramené son fils ?

— Ce n'était pas vraiment son fils, c'est seulement une promesse solennelle qu'elle avait faite à la mère de ce… Tayeb. Du moins si l'on en croit Mansour Abarro. C'est maintenant un ami, je l'aime bien, mais je le soupçonne d'avoir monté toute cette affaire dès le début. La vieille dame était peut-être sa complice. Volontaire ou involontaire...

— Mais pourquoi aurait-il fait ça, notre ami Abarro ?

François réprima la réponse qui s'était formée dans sa tête (« Je n'en sais rien. Les Marocains sont parfois bizarres »). Il se contenta de faire un geste d'impuissance avec ses deux mains.

— Il voulait peut-être nous donner une leçon, à nous qui avons débarqué ici sans rien connaître du pays...

— Une leçon d'histoire ?

— C'est ça. Ou une leçon tout court. Mais pourquoi ne l'a-t-il pas fait avec Bergé ou Delon ou tous les autres ?

Cécile vint se joindre à eux. Le maire lui fit un sourire en inclinant brièvement la tête, puis revint à François :

— Hé, c'est parce que vous avez eu le malheur de vous installer juste en face de chez lui ! D'ailleurs, vous étiez en quelque sorte chez lui.

— Comment ça ?

— Eh bien, votre *riad* a appartenu à sa famille dans le temps.

— Quoi ? ? s'écrièrent les deux Français en même temps.

— Oui, Mansour est le petit-fils... non, l'arrière-petit-fils de Hadj Fatmi. Quand il est revenu de France, après ses études, il s'est installé dans la maison de son père, dans la même rue que leur *riad* ancestral.

— C'est incroyable ! Donc Tayeb est son oncle ? Son grand-oncle ?

— Tout juste.

— Mais il ne porte pas le même nom qu'eux ! objecta Cécile.

— C'est par sa mère qu'il descend de Hadj Fatmi. Elle a épousé un Abarro.

— Il ne nous en a jamais rien dit. Mais, maintenant que j'y pense, tout commence à s'expliquer, s'exclama François en se tournant vers Cécile. C'est ce que je t'ai dit dès le premier jour. C'est un coup monté. Mansour nous a bien eus.

— Mais... et le commissaire ? L'espèce d'affreux avec sa moustache ? Il a bien été paralysé, ou frappé par la foudre ou le diable fourchu...

Le maire toussa discrètement.

— C'est du commissaire Chaâbane que vous parlez ?

— Chat-Bane, oui.

— Lui et Mansour se connaissent très bien et depuis longtemps. Ils ont eu maille à partir à une certaine époque, puis ils se sont réconciliés. On peut même dire qu'ils étaient... qu'ils *sont* amis.

Se tournant vers sa femme, François s'exclama :

— Tu te souviens ? C'est Mansour qui nous a conseillé d'aller le voir ! Ils étaient de mèche ! Le commissaire a peut-être tout simulé !

— Oui, mais ça n'explique pas tout. Et la vieille femme ? Une comparse ?

— Ou alors juste une pauvre centenaire qui n'a jamais su ce qui lui arrivait ? Je suis sûr qu'il la nourrissait en douce. Peut-être qu'elle vivait chez lui, avant ? Il n'a eu qu'à lui faire traverser la rue pour l'installer chez nous. Il avait sans doute un double des clés si le *riad* avait appartenu à sa famille. Ou alors Benoît était dans le coup. Ah, les sagouins !

Les deux Français regardaient le maire, le regard interrogateur, comme s'il détenait la clé de l'énigme. L'édile fit un geste évasif, qu'ils ne surent comment interpréter. François se contenta de murmurer :

— On n'a pas encore épuisé tous les mystères de Marrakech.

— Vous n'avez pas l'air amer, remarqua le maire.

— Non. Après tout, on a vécu une histoire inouïe et il en restera peut-être un roman. N'est-ce pas, Cécile ?

Le maire revint à la question qui semblait le titiller :

— Mais la vieille dame a bel et bien disparu. Vous avez donc ramené Tayeb ?

François réprima un rictus d'agacement.

— Mais comment voulez-vous que nous ayons « ramené », comme vous dites, ce Tayeb fabuleux que nous n'avons jamais vu et dont personne ne sait ce qu'il est devenu ? C'est d'ailleurs moins un être de chair et de sang qu'un symbole : avec ses trois mères, la Berbère, l'Arabe et la Noire – il ne manque que la Juive – c'est *le* Marocain, l'archétype, le mètre-étalon, Mansour nous l'a assez répété. Bravo. Jolie métaphore. Mais nous sommes en 2010, ce valeureux qui a tiré les moustaches de Pétain et libéré l'Italie à lui tout seul aurait aujourd'hui plus de cent ans !

— Dommage. Ça expliquerait pourquoi *votre* fantôme a disparu.

— Comment ça ?

— Eh bien, cela me semble évident : Tayeb revenu dans le *riad* de son enfance, la tâche de la vieille dame aurait été accomplie, sa promesse réalisée... Elle aurait eu le droit de disparaître, d'aller enfin au Ciel rejoindre sa maîtresse...

François ne sut que répondre.

Deux jours plus tard, le couple était de retour à Paris.

Épilogue

L'inauguration est finie. Le *riad* a retrouvé sa tranquillité.

Sur un mur de la chambre du fond, une belle photographie en noir et blanc, dénichée par Cécile chez un libraire spécialisé de la rue Bonaparte, se détache comme si une lueur persistante en émanait. Elle représente un petit groupe de tirailleurs marocains sur un quai du port de Casablanca, au moment où ils s'apprêtent à embarquer pour l'Europe, où de durs combats les attendent sous les ordres du général Guillaume.

On lit dans la petite notice explicative collée en dessous de la photographie qu'il s'agit d'un régiment dont la devise est *En avant avec joie* et qu'il obtiendra la Croix de guerre 1939-1945, avec trois citations à l'ordre de l'Armée, ainsi que le Mérite militaire chérifien.

La notice n'indique pas les noms des tirailleurs. On ne les trouve pas non plus au dos de la photographie. Ils resteront à jamais anonymes.

Au milieu du groupe, un bel homme mince au regard

franc, de taille moyenne, regarde l'objectif avec la calme assurance de celui qui a déjà vu le feu, qui a déjà vu l'enfer, et que la vie n'effraie plus.

C'est un sergent de l'armée française.

C'est Tayeb.

Remerciements à Soune Wade pour le *riad*
et pour l'hospitalité.

Composé par Nord Compo à
Villeneuve-d'Ascq (Nord)

Imprimé à Barcelone par:

BLACK PRINT

en août 2012

POCKET – 12, avenue d'Italie – 75627 Paris cedex 13

Dépôt légal : septembre 2012
S22726/01